吸猫指南

六井冰 著

北京联合出版公司
Beijing United Publishing Co.,Ltd

图书在版编目（CIP）数据

吸猫指南 / 六井冰著 . —北京 : 北京联合

出版公司 , 2018.11

ISBN 978-7-5596-2602-8

Ⅰ . ①吸… Ⅱ . ①六… Ⅲ . ①随笔—作品集—中国—

当代 Ⅳ . ① I267.1

中国版本图书馆 CIP 数据核字（2018）第216266号

吸猫指南

作　　者：六井冰
产品经理：严小额
责任编辑：夏应鹏
特约编辑：王周林

北京联合出版公司出版
（北京市西城区德外大街 83 号楼 9 层　100088）
北京联合天畅文化传播公司发行
天津光之彩印刷有限公司印刷　新华书店经销
字数 185 千字 710mm×1000mm 1/16 印张 16.5
2018 年 11 月第 1 版 2018 年 11 月第 1 次印刷
ISBN 978-7-5596-2602-8
定价：52.00 元

沉迷猫色不可自拔

家里有几只猫，有男有女。

它们长得都差不多，圆眼睛，大脸蛋，毛茸茸的大尾巴……可是相处下来，你才知道，猫也是有性格的，或倔强或妩媚，或黏人或孤僻，或争强好胜或息事宁人。

在相对独立的同时，它们之间又各有交情，互有恩怨，你包容我的乖张，我理解你的软肋；就算今天打了一场架，明天依然能互相舔毛；刚亲亲热热地抱着睡了，一觉醒来就要决战沙发底……"猫际"关系其实不比人际关系简单，猫男女的故事同样异彩纷呈。

养猫六年，不知不觉中，猫男猫女们已深深地渗透我们全家的生活。

我们吃饭的时候，猫会守在旁边认真地观察我们。偶尔碰得合胃口的肉，它们会站直身子，拍拍我们的膝盖。于是我们便会把肉放进汤里洗洗再给它们吃，有时候会直接把肉放进嘴里稍微咀嚼再送进它们的嘴里。猫与人类不一样，它们不能吃盐分太高的食物，为了它们的健康，我们会想一些办法，努力使它们尽可能地享受更多的"猫生"乐趣。

古人所说的"含饴弄孙"，料想就是这样吧。感谢家中的猫男猫女们，让我们在青壮之年就享受了儿孙绕膝的乐趣。我的微信中超过九成的内容都与猫有关，猫的照片、猫的伙食，甚至小猫与母猫之间的一场小争执，都会出现在我的朋友圈中。这种心理，估计与一些父母喜欢晒娃差不多吧。可是，我在女儿年幼的时候，并没有在任何社交平台如此频繁地晒过娃。

感谢猫男猫女们，是你们令我对这个世界充满了表演的欲望。

你们在小花园里追逐嬉戏，我拿着手机追着拍；你们在盛放的菊花丛中打滚，满地狼藉，枝折花残，我皱着眉头笑着拍；你们啃掉了多肉的叶子，我一一拍下了你们的罪证，但是，我依然爱你们，不愿呵责。

因为爱，我成了晒猫狂魔。

曾经在朋友圈发过一碟用鸡胸肉做成的猫饭的照片，有位女性朋友在下面留言说："这么奢侈，有钱不如去资助非洲的贫困儿童。"我心里一愣，暗自惭愧，为自己困于狭隘的视角、缺乏国际主义精神而汗颜。

但转念一想，猫是肉食动物，为了保证它们的健康，我在力所能及的范围内为它们增加营养，这本无可厚非。而且，每个人都有自己的喜好，我生活节俭，偶尔也会向社会弱势群体献爱心。但是，目前我真的没有资助非洲儿童的打算。

于是我问她："那你资助了吗？"她答："没有，我没有钱。"

又过了一段时间，我给猫们拍了视频，发在朋友圈，这位朋友又留言说："你这么闲，改天帮我带儿子吧。"

我闲？要我帮她带儿子？作为一个"文艺女青年"，我现在的生活恨不得一天有四十八小时啊，毕竟有那么多的稿子要写，有那么可爱的猫等着我陪玩，我哪里闲了？一定是哪里出了问题，才令她对我产生了天大的误会。本着不能让误会继续蔓延下去的原则，我问她："为什么让我帮你带儿子？"她说："你不是无聊吗？整天玩猫。"

我一时哑然失笑。这位朋友，她何止对我产生了天大的误会，她简直是误会了天下所有的"猫奴"啊！

也许，在她的潜意识当中，本来也没有资助非洲儿童的打算吧。她之所以提出这个问题，仅仅因为——我为猫提供了较高质量的生活。她劝我资助非洲儿童，她让我帮她带娃，都缘于她的认识：猫不配拥有这么优渥的生活。

养猫，对我来说就是一种休闲和社交方式，与别人出国旅游、出境购物一样，是美好生活的一种表现形式。我对人生的美好追求就是认真玩猫。

如果一种爱好能让我们热爱生活、努力工作，甚至改良我们的情绪，那简直是正能量一样的存在啊。你试试在我写稿的时候来打断我的思路？你试试在我睡觉的时候突然吵醒我？你试试在我喝牛奶的时候来舔我的吸管……可是，如果换成猫，就完全没有关系了。稿子可以暂时放着不写，先抱着猫亲一下；被吵醒了也没有关系嘛，抱着猫一起睡觉；咦，你也喜欢吃酸奶啊？没关系，剩下的都是你的啦。

　　跟猫在一起，每个猫奴都是脾气超好的大傻瓜，没有什么错误是不能原谅的，没有什么底线是猫不能触碰的。就算有，只需猫站在那里，垂着尾巴，可怜巴巴地睁着一双水汪汪的大眼睛看着你，你的心就会慢慢地软成一摊水。这摊水会激发起你心底最温柔的力量，令你情不自禁地伸出手来，摸着那毛茸茸的圆脑袋说："喵呜，没关系啦。"

　　这就是猫奴的处事方式，基本上没有原则，实质上也丧失立场。

　　养了猫，你会相信，这世界上真的有一种生物，不管它肥胖还是瘦小，不管它聪明还是愚蠢，只要它拥有属于自己的猫奴，它就会散发出无限的"猫色"，令猫奴难以自拔。如果它长得眼大脸圆，猫奴会说"哇，它好美啊"；如果它眼睛小，表情还猥琐，猫奴会说"它好萌啊"；如果它不但眼小，还傻里傻气，猫奴会说"哇，这猫好蠢哟，好可爱"！

　　你看，连蠢都会成为一种优点，这世上的猫哪里还有缺点？

　　当我跟猫在一起时，我是这世上最宽容的人。

目 录

1 大喵的情事 /1

2 母子之战 /13

3 老虎的转变 /20

4 人猫关系 /25

5 我家的猫亲戚们 /37

6 大喵与西瓜皮的战争 /50

7 绝育那些事 /58

8 那些悲欢离合 /66

9 嘀嘀打架 /78

10 天台上的猫中医 /84

11 等鸟来 /89

12 养猫有什么用 /101

13 每只猫都有一技傍身 /108

14 猫厕所引起的混战 /113

15 最爱吃龙虾 /124

16 老虎之殇 /133

17 一起生儿育女 /140

18 嘀嘀的宫心计 /151

19 一只叫老包的猫 /158

20 一次痛苦的抉择 /165

21 伤员老包的康复之路 /179

22 一个吃货的智慧 /188

23 那些猫娃娃 /199

24 猫大爷的伙食 /216

25 猫们的玩具 /222

26 养猫千日，用猫一时 /229

27 无论如何，做只开心的猫 /234

28 做只有态度的猫 /242

29 我曾养过这样一只猫 /247

1 大喵的情事

2012年的春天，男闺密致电我，说想送一只小猫给我。

这位男闺密与我的友谊属于纯洁如水的那种。我们曾经在同一家报社同一个部门同一个办公室工作过三年，互相佩服对方的文字与新闻理想，所以建立了牢不可破的战斗友谊……

好吧，这些与猫并没有什么关系，回归正题。总之，这位男闺密非常爱猫，他本来养了两只公猫，后来又买了一只小母猫。不幸的是，这两只公猫全然没有继承主人对女性的绅士风度，它们天天追着新来的小母猫龇牙咧嘴，嗷呜不停，对小母猫的"猫身"安全构成了巨大的威胁。可怜的小母猫被吓得惶惶不可终日。

为免小母猫遭遇不测，男闺密本着肥水不流外人田的原则，决定把这只才三个月大的苏格兰折耳女猫送给我。

一听说有这等好事，我立马买了几个火龙果，就跑去接猫了。我这个男闺密非常喜欢吃火龙果。在办公室加班的日子里，我们常常一起吃火龙果，他坐在他的桌前吃，我坐在我的桌前吃，咔嚓嗒啦之声此起彼伏，火龙果若有若无的清香在空气中流动……

他甚至研究了一套怎样吃火龙果既有营养又不会肥胖的理论……总之，火龙果对于我们而言极为神圣，相当于孙悟空与猪八戒一起去化缘得来的东西……

我把火龙果郑重地放在男闺密的桌子上，不等他反应，就飞快地抱了小母猫回来，唯恐他改变主意跟我讨价还价。

回到家中，我才有空仔细打量小母猫：眼睛又圆又大，鼻子很小巧，腰肢也是柔软的……女人梦寐以求的优点，它都具备了。

我与女儿狗宝看着小猫，乐坏了。狗宝才九岁，正是喜欢小动物的年龄。她摸摸小猫毛茸茸的头，再摸摸它软软的尾巴。小猫也不认生，伸出粉嫩的舌头轻轻地舔我们的手，算是互相认识了。

丈夫却在一旁愁眉苦脸。他小时候曾经被狗咬过，自此留下了阴影，对小动物一向敬而远之。但他不忍心让我们失望，所以被动地接受了小猫加入我们这个小家庭的现实。

狗宝给小猫起名叫大喵，因为她说再小的猫也会长大。我干脆让小猫随丈夫姓陈，全名陈大喵。女人嘛，总得让男人时时找到存在感。他不是不喜欢猫吗，就让大喵随他姓，从某种意义上来说，大喵就相当于他的娃了是不是？责任感就来了是不是？这叫爱心绑架。

果然，被绑架的陈先生非常配合地上网找猫粮、猫沙，还货比三家地挑了口碑较好的宠物用品。关键时刻，还是压担子有用啊。

我们原本最担心的是陈大喵的适应问题，可是相处下来才发现完全是多虑了。它几乎不需要过渡，就完全融入了我们的生活，该吃吃，该玩玩，该睡睡，好像一出生就是我们家的成员一样，完全无缝对接。既然如此，我们也就不客气了，完全把大喵当成了自家人，哦，不，是自家猫。

南方的春天正是乍暖还寒的时节，最难将息。原以为可以把陈大喵置于被窝中暖脚，熟悉之后才发现，就是这么一个卑微的愿望，也是难以实现的。

你若是把它放在被窝里，它必然要钻出来；你若是把它置于被窝外，它必然要钻进被窝里去。它会趁你美梦正酣时站在床头看着你，时而在你耳边打呼噜，时而把嘴巴凑近你的嘴边……起初我不知道它为什么老凑近我的嘴巴，后来猜测，估计它是在闻我的气息，看我死了没有……总之，只要大喵在，你就别想好好睡觉。

没过多久，陈大喵小朋友便熟悉了家里的每个角落，甚至趁我晚上晾衣服时跑到楼顶爬树……渐渐地，它把平板电视、音箱都当成了它的床。虽然那些地方并不很适合睡觉，但它排除万难也要爬上去，小心翼翼地趴在那里，把一条又粗又大的尾巴垂下来，眯着眼睛边装睡边悄悄地观察人类的反应。

大喵就是这样一个性情古怪、超凡脱俗的美女子。

然而，再超凡脱俗的美女子，终究也要谈情说爱。十个月大的时候，大喵

哈喽！开美颜模式了吗？

お先にどうぞニャ

4

妈，这根毛能吃不？🐾

猫喜欢你会有什么表现？

当猫向你眨眼的时候，就是表示很喜欢你；当猫尾随着你，竖起尾巴缠你的脚的时候，意思是很想跟你玩；如果猫在你面前四脚朝天摊开肚子睡觉，那说明它很信任你。

🐾管它

能不能，

咬到就是我的！🐾

❀没啥味……

突然想谈恋爱了。

它对爱情的期许是如此强烈与赤裸裸，任何时候，只要它突然想追求爱情了，便会毫无预兆地随便往地上一躺，四脚朝天，圆乎乎的身子在地上扭来扭去，嘴里"喵喵"地叫，一双圆溜溜的眼睛悄悄地斜睨着你……

从大喵的眼神中，我第一次理解了媚眼如丝的意思。

"妈妈，大喵在干什么呢？"狗宝问我。

我一怔，找不到委婉的说法，只好如实相告："它发情了。"

"哦。"狗宝点点头，"为什么会发情？"

"因为大喵想结婚、生孩子啊。"

作为高等动物，我理解大喵对爱情的执着与追求，可我给不了它想要的爱情，只好拿猫罐头安抚它。一旦我把猫罐头打开，它便会飞快地一跃而起，冲过来吃罐头。关于这一点，我觉得所有的动物都需要向陈大喵学习——不吃饱肚子，哪还有力气谈情说爱？

只是，再好的食物，终究取代不了美妙的爱情。罐头吃完，大喵又会一如既往地在地上翻滚，婉转啼叫。

君子有成人之美，我决定成全大喵。朋友家的黑白哥是一只十多斤的美国短毛大胖猫，长得像黑猫警长，眼神却像一个流氓，一见陈大喵便双眼放光芒。

两只猫的第一次见面并不愉快。黑白哥一凑过来，大喵便双眼圆瞪，尾巴的毛全部奓开，向对方声明自己的矜持。然而黑白哥并不当一回事，反而轻佻地把爪子搭在大喵的肩上。

大喵终于怒了，它猛地站起来，狠狠地一掌拍在黑白哥的脸上。饶是黑白哥满脸是毛，依然被拍得牙关肿痛，嗷嗷地嚎叫着跑去找它的主人告状了。

据说，大喵走了之后，黑白哥在家里嚎叫了半夜，想来真是受尽了爱情的苦。其实，大喵也好不了多少，回家之后它几乎整夜在地上翻滚——女人哪，都是外强中干的货色，在外面越装作强大，在家里流的泪越多。

爱情这回事，就像猪八戒跟唐僧去西天取经，总要经历九九八十一难才能功德完满的。人类如此，猫自然也逃不了这套路。

过了一周，我们再次带大喵找黑白哥，痛定思痛的大喵终于不再矜持了，黑白哥也不怕陈大喵打脸了。不过，大喵也知道，黑白哥终究不是可以托付终身的良人，它连自己都得靠它爹养，哪有能力照顾它？所以，"啪啪"完毕后，陈大喵如梦初醒，突然恼羞成怒，伸出爪子狠狠地把黑白哥揍了一顿，在黑白哥的鬼哭狼嚎中独自舔着毛发，顾影自怜。

来不及忧伤，陈大喵就被我们带回了家。不久，陈大喵的肚子越来越圆，毛发也越来越光亮。它不再像过去那样喜欢攀高爬低了，吃饱了就静静地卧在阳光下睡觉。

我们知道，它怀孕了。

猫的怀孕周期是多久？网上说是两个月。每一天，我都认真地记录着时间，计算着大喵的生产日期。好不容易盼到了配种后的第六十天，大喵依然懒洋洋地卧在我们为它准备的纸箱产房中，没有临产的征兆。

它的肚子越来越大，每当它走起路来，圆滚滚的大肚皮晃荡得厉害，我们

别急！
修"鹿由器"的活儿
放着我来！

什么？
Wi-fi彻底断了？

看得心惊肉跳，它却完全不当回事，兴致来了直接跳到桌子上、我的膝盖上，每每引来我们一阵大呼小叫。有时候，它躺在地板上，肚皮上会突然鼓起一个又一个小小的包，那是里面的小猫在动。我若伸手轻抚它的肚子，它会伸开四肢配合，还会回过头来友好地舔我的手。我知道，这是它表达友好与信任的方式。

第六十三天早上，大喵突然变成了话痨。我站在卫生间里洗刷，它站在门口喵喵地跟我说话；我进卧室换衣服，它跟在我后面喵喵直叫；我拿了手袋准备去上班，它亦步亦趋地跟着我喵喵地叫，表情似乎很焦急。我仔细观察它的身体，似乎还是没有临产的征兆，就把它抱回纸箱里，哄了它几句。它顿时变得安静起来，也不叫了，只是默默地看着我。

"乖乖睡觉，妈妈去上班挣钱给你买猫罐头，好不好？"我哄完它，提着手袋出门了。它站在门口默默地看着我，眼中亮晶晶的。

在外面采访的时候，我突然想起来，大喵今天怀孕六十三天了，算起来刚好是九周，它是不是要生了？我记得人类的怀孕周期刚好是四十周，猫的孕期会不会刚好是九周？大自然的力量是神秘的，我突然觉得生物孕育生命的天数一定是"周"的复数。我突然涌起一个念头：大喵今天一定会生孩子！

采访完毕，我飞快地回报社写好稿子交了，冲回家，打开门——想象中的一切并没有发生，大喵站在门口迎接我，肚子依然硕大无比，还没有生呢。

我松了一口气。大喵见了我，激动地叫起来。我拿猫粮给它，它不吃；带它去喝水，它也不喝，只是一直跟着我喵喵地叫。我心里一动，把它抱到纸箱里。纸箱里铺着一层厚厚的垫子，大喵安静地躺了下来，双眼依然亮晶晶地看着我，像是在哀求我别离开。

我心里一软，摸摸它的头："别担心，妈妈不走开，一直在这里陪你，好吗？"

大喵像是听懂了一般，用毛乎乎的头来蹭我的手。突然，它张大嘴巴，急促地喘气，皱着眉头呻吟了一声，像是极其痛苦的样子。

天哪，大喵一定是要生孩子了！在电光石火间，我想起以前采访过一个妇产科医生，她说生孩子前吃炒鸡蛋有助于生产。我生狗宝时是剖腹产，这个宝贵的经验一直未有机会验证，此时不验更待何时？我草草地安慰了大喵几句，就跑进厨房找鸡蛋去了。

不料，我刚打开冰箱门，就发现大喵竟然跟着来了！更让我惊讶的是，它的产道已渗出血丝，显然是快要生产了。为了安抚它，我只好把鸡蛋放进电饭煲中煮，然后又把它带回了纸箱做成的产房里。

当天晚上，吃下了水煮鸡蛋，大喵顺利地生下了四个孩子。

夜深人静，四只毛茸茸的小猫静静地卧在大喵身边，小小的嘴巴啜啜有声。真是聪明的小生灵啊，刚落地就会吃奶了。大喵细致地给它们舔着毛发，偶尔抬头看看我。我摸摸大喵的头，它像往日那样拿脑袋蹭我的手。

"大喵，这是你的孩子，也是我的孩子，我们一起把它们养大，好吗？"我伸手摸小猫，大喵只是看了看，便疲惫地闭上眼睛睡着了。

那是一段非常静好的日子，除了吃喝和上厕所，大喵每天都跟孩子们窝在纸箱里。然而，大喵毕竟是感情上受过创伤的猫，对社会充满了不信任感。半个月后，当小猫迈着小短腿四处爬的时候，大喵变得警惕和敏感起来。稍微有点儿风吹草动，它便会紧张地把孩子们叼起来，藏到更隐秘的地方去。

我们全家人都知道，它们母子五个就躲在房间里面的柜子里，但我们都装作不知道，只是默默地为大喵准备了足够的猫粮和纯净水。

猫的记性好吗？

这个因猫而异。有资料说猫的短期记忆是十五分钟，长期记忆三天，但是我曾出差一个多月，回来时家里所有的猫都记得我，都主动过来求抱抱。所以，我认为猫们的记忆远不止一个月。

最贴心的关爱，莫过于知道你的秘密却永远不提起。当你需要我的时候，我会向你张开怀抱；当你想暂时回避的时候，我也懂得你的脆弱。

又一个月后，大喵带着它的孩子从柜子里出来找我们玩了。它心情愉快地给孩子们喂奶，与孩子们做游戏。孩子就是它的整个世界，而我们是它永远的朋友。既然它乐意跟我们分享养儿育女的乐趣，我们有什么理由拒绝？

带着欢喜而感恩的心，我们一家人与大喵一家猫亲密无间地生活在一起。

怎样照料一只刚到新家的小猫?

如果要接小猫回家养,三个月龄至五个月龄是最适宜的。一来,这个月龄段的小猫已经学会了吃猫粮和上厕所,可以离开猫妈独立生活了;二来,这个阶段的小猫在思想上还处于"混沌未开"的状态,对旧主人尚未建立深厚的感情,很容易与新主人建立亲密关系,迅速适应新环境。

那么,小猫到了新家,新主人应该怎么做?

首先,我们要为它准备猫粮、水和猫沙盆。千万别用蒸馏水或矿泉水!对于健康的小猫来说,蒸馏水显然满足不了它们生长阶段对微量元素的需求,矿泉水则因为矿物质含量太高,容易导致结石,小猫直接饮用人类食用的自来水最佳;猫沙盆尽量大一些,最好是半封闭的,这样小猫如厕时更有安全感。

开展一段新的关系,我们人类需要仪式感,猫咪同样需要。把小猫接回家,你要做的第一件事就是把小猫抱到猫粮和水盆前,告诉它:"这是吃的和喝的,以后你可以随便在这里进餐啦。"不要以为小猫不懂,其实它是明白的。也许它会因为陌生和胆怯而暂时不进食,但等它肚子饿了的时候,它会到这个地方找吃的、喝的。

然后把小猫带到猫沙盆前,或者直接把它放进猫沙盆里,告诉它:"这是你的厕所,以后你可以在这里方便。"猫天性喜欢沙子,如果它表示想在沙子里玩一会儿,那就让它玩一会儿好了。

小猫是很聪明的,只需跟它说一次,它就会牢牢地记住吃喝和方便的地方。当它有需要的时候,它会自行解决吃喝拉撒的问题。当然,也有一些胆小的猫咪可能暂时不适应新环境,刚到新家的时候会乱尿尿,只要给它一点儿时间和耐心,一两天左右它就会适应的。

2 母子之战

　　转眼间，大喵的孩子满三个月了。每只小猫都长得很可爱，摸摸它们的头，它们会睁大一双圆溜溜的大眼睛，也不管你听不听得懂，就喵声喵气地跟你说话。我每天起床时看一下它们，感觉全身都充满了能量。

　　四只小猫中，老三总能引起我格外的关注。老三是一只小公猫，全身长着虎斑，尤其是额头和两边眼角的斑纹几乎与老虎无异，于是我们便给它起名叫老虎。老虎既调皮又狡黠，特别喜欢跟人玩，玩着玩着，会突然四脚朝天倒在地上呼呼大睡，非常任性。正当你以为它已熟睡了，正欲走开的时候，它会突然爬起来咬着你的裤腿不松口……

　　小猫满三个月后，学会了吃猫粮，也学会了自行上厕所。考虑到家中不能养太多猫，尽管心有不舍，我们还是把小猫陆续送给了可以信赖的朋友。

小猫被全部送走的那天晚上，我怅然若失，独自坐在空荡荡的客厅里待到深夜。往日的这个时候，小猫们会在我的脚下追逐打滚，或者咬着我的裤腿"拔河"；而今它们离开家了，也不知道在外面过得好不好，新主人疼不疼爱它们。想到难受处，我黯然落泪。

　　"喵！"我抬起头，看见大喵不知道什么时候站在了桌子上，一双眼睛亮晶晶地看着我。"对不起，大喵，我把小猫全部送走了。"

　　大喵慢慢地踱过来，靠在我身边，用脑袋在我怀里蹭来蹭去。我默默地把它搂在怀里，像是互相安慰，也像是互相鼓励。

　　当晚我睡得并不安稳，梦里都是小猫们若有若无的叫声，细细的，奶声奶气的。我知道是梦，可还是忍不住竭力睁开眼睛四处张望。

　　原以为大喵会跟我一样因为小猫离开家而失落数天，但第二天，我发现大喵好像完全忘记了自己曾经有过四个孩子的事。它并没有如我预期的那样在家里四处找小猫，反而心安理得地享受着悠闲自在的生活，吃饱了就睡，睡醒了就找我们玩，完全是单身贵族的状态。

　　"大喵，你的心怎么这么大？"我叹气，觉得大喵没有母性，不爱孩子，不善良，不温婉。

　　"其实近段时间大喵变了好多，小猫一走近它，它就跑开了。"

　　"是的是的，我也看到了，大喵故意把肚子压在身子下面，不让小猫吃奶。"

　　狗豆与狗宝纷纷向我反映大喵的古怪行为，我细细回忆，好像也曾经见过相似的场景。我恍然大悟：大喵是以这种方式迫使孩子们自立啊。

小猫已经学会了吃猫粮，学会了上厕所，对于大喵来说，作为母亲的使命已经完成了，所以它拒绝再给小猫喂奶。这表面看来太残忍，实质上是一种理性而正确的做法。

　　我终于释然了。

　　送出去的四只小猫很快适应了新家的生活。领养了老虎的朋友知道我惦记它，时常把老虎的照片发给我们看，有时候也发朋友圈说说老虎的新鲜事，比如老虎有了新玩具，老虎买了新衣服，老虎不肯吃肉……

　　这期间，朋友曾几次跟我提起家里因老虎而起的纷争。朋友一家三口一起住，但婆婆常到家里来指导工作。婆婆极不喜欢小动物，老是劝朋友不要养猫。因为这个原因，我时时牵挂着老虎，担心它知道自己被人嫌弃会难过。

　　数月后，朋友不堪婆婆的唠叨，决定不养老虎了。我马上跟朋友说："你千万不要把老虎送人了，还是把它还给我们吧。"因为担心老虎受委屈，我们马上把它接了回来。

　　这时候的老虎已经长成了一个英武不凡的男子汉。对于一只公猫来说，七个多月大已是成年猫了。它矫健灵活的身体散发出浓烈的男性荷尔蒙的气息，长相非常威武帅气，脑袋、脸都是圆滚滚的，眼睛又圆又亮，体重将近十斤。

　　对于自己的长相，老虎估计相当有自信。当它自我感觉良好地从猫袋里钻出来的时候，却遭到了当头棒喝——对于老虎的去而复返，大喵非常恼火。也许是因为老虎的变化太大，大喵已经完全认不出它了，也忘记了那段母慈子孝的美好时光。那时候，老虎是大喵的心肝宝贝，大喵曾细细地舔过老虎身上的每一根毛发，老虎也曾无数次地咬着大喵的尾巴撒欢儿。

有人说，狭路相逢勇者胜，可是，当这对已经互相遗忘的母子狭路相逢时，注定了不会有赢家，注定了是一场"猫伦"惨剧。

对视、对峙、凑近、细嗅……在默默地互相咒骂了对方一万零一次后，母子俩不约而同地选择了一决高低。说不上谁先动的手，反正女人跟男人打架无非就是抓毛发、扯手脚，如果能顺便在对方的脸上抓出几道红痕来，那就基本上算是赢了。女猫跟男猫打架，免不了也是如此这般。

战争从地上蔓延到沙发上，再从沙发上转移到桌子上，在把桌子上的玻璃杯成功地扫落到地上后，结果是谁也没有占到便宜。为表公平公正，我先是在大喵的头上敲了两记，再在老虎的脸上拍了两巴掌，并勒令今后谁也不许打架。

可惜大喵没能及时正确地领会我的意图，它以为自己依然是这个家里唯一的老大，竟然趁我不备，以迅雷不及掩耳之势一掌拍在老虎的头上，老虎被打蒙了。

我们也蒙了。谁料老虎接下来的举动让我们笑出了声——它竟然娇弱地喵了一声，跑到墙角躲了起来。那娇弱的声音翻译成人类的口语，应该是"嘤嘤嘤"，与老虎那威武的身躯实在不相称。

老虎这声娇弱的叫声同样震惊了大喵，它迟疑地打量着老虎。也许是胜利来得太容易，它反而更警惕了，嘴里发出凶狠的呜呜之声。这下子轮到我不干了，毕竟在这个家中最有发言权的还是我。于是，我把老虎抱起来，拿老虎的爪子拍了两下大喵的头，算是为老虎主持公道。

这下子大喵终于明白了，在这个家中，老虎是一只有靠山的猫。于是，大喵终于安静了，毕竟大家都不是傻猫。老虎的表现也不俗，它没有恃宠而骄，没多久就主动为大喵舔毛，以示友好，并热情地以各种方式表达对我们的友善。数天后，老虎重新融入了我们一家的生活。

从此，这对母子就心照不宣地维持着表面的友好，当然，暗地里是非要打个你死我活不可的。要让两只互相看不惯的猫不打架，简直比让两个女人在一起不互相攀比还强"猫"所难，不狠狠地打一架分出个胜负，"猫生"还有何青春与梦想可言？

明争不行，只好暗斗。

一天，大喵趁老虎在天台追蝴蝶时，以迅雷不及掩耳之势蹿去老虎的厕所，无比愉悦地在里面拉了一堆臭烘烘的屎！

为免起争端，我们一直把它们俩的吃喝拉撒分开，它们各有各的厕所。万万没有想到大喵会这样，太没有"猫格"了！

老虎在天台玩完蝴蝶，心满意足地回到自己的地盘，猛然间闻到一股怪异的臭味。虽然我们买的是高端大气上档次的猫沙，但依然掩盖不了这种"惨无猫道"的臭味。老虎心想，这么臭，绝不可能是自己拉的屎！

老虎愤怒了！老虎气得要吐血！它也要在大喵的厕所里拉一堆屎，而且要比它拉的更臭！

作为一只猫，人生最大的胜利不是多吃点儿猫粮，也不是多洗脸、舔毛，把自己打扮得很靓丽，而是把自己的屎拉在别的猫的厕所里！

然而，早有准备的大喵根本不给老虎接近猫沙盆的机会。它牢牢地盘踞在自己的厕所里，圆圆的双眼戒备地看着老虎，只等老虎一接近，便会给它致命的一击。

奈何，奈何！老虎悻悻地跑回自己的厕所，手脚并用，狠狠地把猫沙扬起来，掩盖大喵拉的屎，掩盖那难以忍受的臭味和……耻辱！

形势很严峻，为免敌我矛盾继续恶化，我不得不出面摆平此事。我帮老虎清理了厕所的粪便，并添加了新的猫沙，待一切收拾妥当，却惊讶地发现老虎已经跟大喵亲热地靠在一起互相舔毛了。

这是什么操作？难道之前的愤怒与争执只不过是演戏？我冲到两只猫面前质问，可是它们根本不理会我，极有默契地起身，齐齐悄无声息地溜走了，剩下拿着一包猫屎的我呆在当场。

这件事我之所以记忆犹新，与那包猫屎的臭气熏天不无关系。

众所周知，我是一个文艺青年，关于这段记忆，我想献给大喵以下这段文字：后来我养过很多猫，也铲过很多屎，但是大喵啊，我觉得你的屎最臭。

一颗心裂开成了

屁股……

又一颗…… 又一颗…… 还有一颗……

3 老虎的转变

  大喵与老虎渐渐适应了彼此的存在，它们一起吃饭一起玩耍，我们家又恢复了平静而快乐的生活。然而，这一切都随着老虎进入青春期而终结了：老虎发情了！

  此前我们已经见识过母猫的发情。大喵发情的时候无非就是满地打滚，媚眼如丝地看着你叫，我们以为这就是猫发情的最大尺度了。直到老虎发情，才刷新了我们的认知。对一只公猫来说，发情应该是非常了不起的事情，因此老虎周密地部署了两件事：第一，全方位地向母亲大喵示爱；第二，全方位地撒尿，以抒发它高昂的激情。

  这些事都是我们不曾经历过的呀！当全屋弥漫着尿臊味时，我们一家人如临大敌，匆匆上网寻找对策。纵观各路英雄的见解，解决办法无非就是给公猫做绝育手术，通俗点儿来说就是阉猫。

一想到老虎要承受割蛋之疼，我就不忍心。英雄们的见解暂时无法采纳，我们只好把大喵保护起来，有时候是关进房间里，有时候是放进铁笼子里。可是老虎不死心呀，每当我们把大喵放出来散心的时候，老虎就会如影随形地紧跟在它身后，而大喵完全没有拒绝的意思，把我们看得心惊肉跳。

眼看一场母子乱伦的狗血戏就要上演了，我们只好把大喵送到朋友家去。一来避避风头，二来朋友家中有两只貌美体健的男猫，如果大喵能在此开展一段情，那便是一举两得的好事。

大喵被送走了，老虎很生气，因此，它迫切需要做出一些离经叛道的事情来对抗这个万恶的社会。人类不爽了会喝酒，会唱歌，甚至会放纵自己，可老虎毕竟只是一只猫，喝酒唱歌什么的一概不会，唯一能做的便是放纵地在家中随地小便，权当泄愤。

事实证明……当然不能。老虎悲伤地发现，大喵被接回来的时候，已经在朋友家经历了一段情，而且已播下了爱情的种子。孕妇对环境卫生特别讲究，因此，大喵对老虎随地小便这个坏习惯非常不满，几乎每天都会暴打老虎，把老虎打得鬼哭狼嚎。这是多么忧伤而尴尬的事情啊！你爱她，你以为自己的所作所为是爱的行动、爱的宣言，她却认为你在破坏生态，影响环境。

老虎饱受失恋之痛，很是郁郁寡欢了一段日子，每天频繁小便，边撒尿边唱着歇斯底里的情歌。

作为“善解猫意”的猫奴，我们当然不能默默地看着老虎沉沦。经过一番张罗，我们在网上发布了一则启事，还配了老虎的照片。启事发布的第二天，就有一个小伙子打电话来了。双方约好时间、地点后，小伙子带着一只美短斑点母猫来相亲了。

此时的老虎或许是急于从前一段情史中走出来，一见到斑点母猫，即表现出极大的兴趣，当着大喵的面温柔地呼唤着陌生的女伴。大喵摆出一副鄙夷的样子看着老虎讨好斑点母猫，像在说“想不到你是这样的男猫”。然而老虎已经不再理会大喵的感受了，感情上受过伤的男猫对爱情越发地认真执着，几番追逐后，老虎与斑点母猫顺利交配。

当天晚上，我们家里不时响起斑点母猫成其好事后喜悦的嗷嗷之声，被数次惊醒的我出于安全考虑不得不起床察看。在深夜的灯光中，大喵冷眼看着老虎与斑点母猫的所作所为，一见我出现，马上委屈地冲过来让我抱抱。

我摸摸大喵的头，细声安慰它：“男猫都这样，我们以后别跟老虎玩。”

过了两天，我们让斑点猫的主人来把它接走了。

我们用老虎配种的钱购买了一批鸡肉罐头，大喵和老虎都很喜欢吃。每次吃罐头，老虎都会格外自豪，毕竟这是它自己挣钱买的罐头。我们还狠狠地表扬了老虎一番。更可喜的是，此后的一段日子里，老虎得偿所愿，心情也好了，非常严于律己，改正了随地小便的坏毛病。

我们都以为老虎受到表扬提高了觉悟，谁知吃完了那批鸡肉罐头后没多久，老虎又开始随地小便了。请教行家，行家说公猫的发情期不像母猫那样是分时期的，而是随时随地都会发情，一旦发情就会随地小便。我对老虎很是失望，不，是对男猫这种天生的弱点非常失望。全家人商量后，决定带老虎到医院做绝育手术。

此时的老虎已经长成十一斤的大汉了。医生为老虎打了麻醉药后，便实施了手术。手术尚算顺利，术后却遇到了大麻烦：老虎一直无法清醒，医生不断地刺激老虎的四肢和耳朵也无济于事。医生说老虎可能对麻醉药过敏……几个小时过去后，老虎才渐渐清醒。担心老虎会舔舐伤口，我们为它戴上了伊丽莎白圈。

不知道在猫的认知系统中到底是以气味还是以相貌认猫的，反正大喵看见老虎戴着伊丽莎白圈时非常震惊，表示接受不了老虎这个时尚的新形象，也有可能把老虎当成了一只陌生的猫，马上冲过来狠狠地连拍了老虎几掌。

老虎正处于伤心失意中，本也没啥好心情，马上一改往日的谦卑与忍让，突然使出连环十八掌劈头盖脸地朝大喵打过去，我在旁边喝都喝不止。

大喵也不是省油的灯，马上怒目圆瞪，要与老虎决一死战。我见势不妙，忙冲过去对大喵好言相劝："这不是别的猫，这是咱家老虎，是老虎！你快认真看看？"

大喵半信半疑地审视着老虎，试探着把鼻子凑近老虎，终于嗅到了熟悉的味道，于是放弃了进攻，这事也就这样过去了。

过了三四天，老虎的伤口好了，摘除了脖子上的保护圈，大喵不追着它打了，老虎就从恼怒转向平静，主动投入热情如火的新生活了。它的性格变得温柔了，声音也变得娇媚，而且更乖更听话了，只要我朝它挥挥手，它便会心领神会地走过来，卧在我身边。

一个多月后，大喵生下了一窝小猫，老虎义不容辞地担起了照顾小猫的责任。它有时候会领着小猫们去天台追逐、爬树，有时候会给它们舔毛，动作认真，目光温柔。小猫们对老虎也格外亲昵，以至于到我家玩的朋友都误以为老虎是小猫们的妈妈。

小猫多大可以戒奶？

小猫一个多月左右就会长出牙齿，身体也渐渐强壮，可以慢慢地爬行了。它们会跟猫妈学吃猫粮，但这个时候猫粮还只是它们的零食，主食依然是母乳。等到它们长到两个多月的时候，就会大量吃猫粮，三个月一到，就可以戒奶了。

对于老虎的转变，我很是欣慰。对于猫来说，没有了爱情的牵绊，才能更好地享受猫生啊！

每个见到老虎的人总会忍不住惊呼：哇，好肥大的猫，好好看的猫！

人猫关系

自从大喵来了我家，我屡次问狗宝："你是大喵的什么人呢？"

"姐姐啊，当然是姐姐了。"狗宝总是理直气壮地说。每每说完这句话，她便会把大喵抱在怀里，一贯走老实巴交路线的大喵便会适时把毛茸茸的脑袋埋在狗宝的怀里，让狗宝得以充分地扮演好姐姐的角色。

既然狗宝是大喵的姐姐，那我自然就是大喵的妈妈啦。从此以后，我在大喵面前就以妈妈的身份自居了。

后来老虎回来了，问题也来了。按辈分，我该是老虎的外婆了。可是在我心中，我还是一个纯真少女呀，怎么愿意当外婆！于是，未经老虎和大喵同意，我就自作主张地宣布，我也是老虎的妈。

对我这个妈，老虎比对自己的亲妈还好。它喜欢跟在我身边，用一双亮晶晶的大眼睛默默地看着我。我若坐下来，它便跳上椅子在我旁边坐下，默默地看着我，不会发出任何声响。有时候困了，它就闭目养神，但只要我一叫它，它就会睁开眼睛，乖得像个孩子。

与老虎的相处，无疑是轻松的。

大喵也喜欢跟我在一起，但是，它对我的喜欢跟老虎是不一样的。大喵喜欢跳上我的膝盖让我抱，一定要抱，不抱大喵是不会满意的；而老虎不一样，它只需要守在我旁边，不需要任何肢体接触，就会表现出一副心满意足的样子。

也许在老虎的眼中，我真的是像妈妈一样的存在吧！

老虎对我的关心也到了极致。我每天晚上洗澡，它总是不放心地守在卫生间门口等我。有时候，我在里面待久了，它便会惴惴不安地拍门，甚至跳上附近的冰箱，伸长脖子竭力透过卫生间上方的玻璃观察我；更急的时候，还会绕过厨房，从厨房与卫生间的空隙钻进去找我……每当我洗完澡从卫生间里走来，老虎便会惊喜地迎上来，兴奋地摇头摆尾，似乎笑容都要从满脸猫毛中绽放出来了。

与大喵动辄需要抱抱、举高高相比，我更喜欢老虎这种既关心又保持着适当距离的做法，所以我与老虎的亲密程度渐渐超越了与大喵的。我偶尔想起来会觉得对不起大喵，但我也没办法呀，人猫关系真的很难掌控啊。

比如，我晚上喜欢靠在床头看书。如果大喵跟我在一起，它会挤到我与书之间，把整个猫头贴在书上，还一直喵喵直叫，摆出一副"书有什么好看的，看我就够了"的表情。

偏偏我又是一个不认真不专心的人，大喵这样一捣乱，我的书就看不成了，只能抱着大喵玩。偏偏大喵又是一只得寸进尺的猫，一旦我放弃了看书，它便会做出更过分的举动：直接贴近我的脸，拿嘴巴亲我，那毛茸茸的嘴巴还有胡子不由分说地就往我嘴边凑……对于大喵这种过于主动的行为，我完全接受不了，只能默默地伸手推开它的脸。看见它失望的眼神，我心里时常涌起内疚之感。

　　跟老虎相处则完全不存在这样的压力。同样是靠在床头看书，如果是老虎陪我，它会一直静静地卧在枕边或者床边，如果我不叫它，它不会发出任何声响。我若看书累了，摸摸它，它便会欢快地用脑袋蹭我的手。但是这个过程不会太久，只一会儿，它就会恢复之前"君子之交淡如水"的状态。

　　总之，跟老虎在一起，我既能享受陪伴的乐趣，又不会受到任何影响。我越来越喜欢跟老虎在一起。每天晚上洗了澡，我一进卧室，老虎便会悄无声息地尾随而至。待我关上门，卧室就是我们一人一猫的世界。我与老虎默默地对视，心照不宣地上床，我看我的书，它发它的呆。

　　一段时间过后，大喵发现了我们的秘密。像所有发现自己被背叛了的女人一样，大喵在门外气得大声地喵喵直叫。我与老虎恍如奸情败露的一对狗男女，在房间里面面相觑，不知如何应对这个尴尬的局面。

　　我示意老虎别说话，而我则若无其事地继续看书。原以为大喵会知难而退，谁料它竟然越叫越大声，后来还无师自通地学会了拍门，而且越拍越用力，把全家都惊动了。

一只猫，两只猫，三只狗……

咦？有美女！

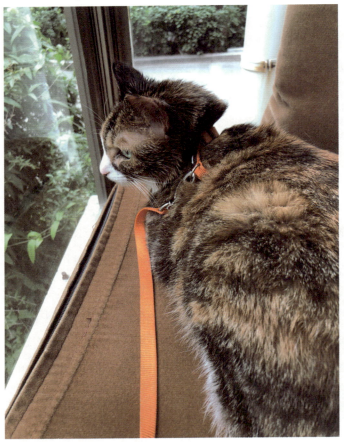

噢！看错性别了……

猫厕所多久清理一次？

我的习惯是早晚各清理一次。猫是爱干净的动物，如果厕所中充满了粪便，它们可能会不愿意再进去方便，有时候甚至会故意尿在厕所外面，所以要时刻记得保持厕所的清洁。

"妈妈，快开门，不开门大喵会把你的门拍破！"狗宝在门外惊叫。

我大吃一惊，忙冲过去开门。大门敞开，大喵依然后腿直立着，显然刚才是用一双前腿拍打的大门。不等我反应过来，大喵已嗷嗷地嚎叫着冲进了房间，以正房太太抓奸小三的气势跳上了我的床。

床上，老虎正安逸地躺在枕边。大喵默默地盯着老虎看了好一会儿，不知道是因为害怕还是理亏，老虎始终回避着大喵的视线。一人两猫僵持着，场面有点儿尴尬，最后还是大喵率先打破僵局，一屁股坐在我的枕头上，算是对我的惩罚。

自此，我不能与老虎一起安静地看书了。只要一发现老虎跟我待在一起，大喵就会狠狠地拍门，一直拍到我开门为止。当然，大喵也不是非要待在我的房间里不可，只要我让它出去的同时，也把老虎一起赶出去，它就毫无异议。

有时候，我独自在房间里看书，但大喵在外面没看到老虎，就会怀疑老虎跟我在一起，非要拍门进来不可。

如果我把门打开，让大喵看看老虎并没有在卧室里，再让它出去，它便会乖乖地出去，安心卧在门口睡觉，不会再拍打我的房门。

三番四次之后，我终于明白，进我的房间并不是大喵的最终目的。它要求的是跟老虎一样的待遇，用人类的语言来说，其实就是公平。

想不到不会说话的大喵竟以这样的方式为自己争取权益，我暗自惭愧，从此以后不再厚此薄彼，想和它们玩的时候，就把大门敞开，让它们都进来；要睡觉了，就让它们一起出去。

一段时间过后，大喵终于恢复了对我的信任。当我关门在房间里看书或创作的时候，它再没有来拍过我的门。

后来，我辞职成为一名自由创作者，家里便成了我的办公室，老虎和大猫便顺理成章地成了我的"同事"。每天上午，我坐在窗前开始写作，老虎和大喵便卧在桌边与我一起上班。不过，它们的参与感实在太强了。趁我认真工作之际，老虎总是忍不住把半边身子压在电脑键盘上；大喵更厉害，直接用爪子拍打电脑屏幕。

老虎和大喵的捣乱行为直接被家人定义为我玩物丧志，于是，在我"上班"期间，它们常被请出门外。大喵还好，本来就是一只能屈能伸的猫，出去就出去，走到门口倒地一躺，就是一只睡着的猫，很干脆利落。老虎却变得执着了。每次被清理出场的时候，它都异常心不甘情不愿。可能在它的印象中，白天就是用来玩的，这个规律不能轻易改变。

于是，为了找我玩，老虎开始动脑筋了。"猫有多大胆，事有多顺坦"，没多久老虎便学会了曲线救国：它绕过阳台直接走到卧室窗前，然后单爪开窗钻进房间里。每次，我正奋笔疾书时，窗边的窗幔中都会突然钻出一个圆大的猫头。我会忍不住轻呼一声，扔下正在写的剧本，抱起老虎在地上打滚。

更刺激的是，这一切大喵完全不知道。它在门外睡得正香，完全没想到老虎已经暗度陈仓！我与老虎在无声的交流中默默地订立了契约，那就是绝对不能发出任何声响，以免惊动睡在门口的大喵，就像一对偷情的男女心照不宣地保守着一个不能让第三者知道的秘密。

我相信，这时候的老虎是充满自豪与感恩的，它是如此善解人意。玩了一会儿后，它会乖乖地躺在窗台前看我写作，有时候闭目养神，有时候干脆睡着了，偶尔睁开眼睛看一眼我，又在噼噼啪啪的打字声中睡着了。

那是一段多么美好的时光啊，我们就这样浪费着彼此的光阴，散漫而开心。

后来，剧本写好了，电视剧要开镜了，作为编剧，按照公司的安排，我需要跟组。当我与狗宝和狗豆在客厅商量着出差的各种事项安排时，老虎与大喵默默地守在一旁看着我们。

"妈妈，你说老虎和大喵知道你要出差吗？"狗宝好奇地问我。

"不知道吧，它们又听不懂我们说话。"我淡淡地说，伸手分别揉了揉老虎和大喵毛茸茸的圆脑袋。

晚饭后，我进房间收拾行李，一打开门，还未开灯，便感觉两团黑影快如闪电地蹿进了房间。不用说，一定是那两个调皮捣蛋鬼了。我摸索着打开灯，发现老虎与大喵正紧张地注视着我。此后，不管我做什么，它们都亦步亦趋地跟着我。

我收拾好要带去横店的衣物后，突然发现，两只猫怎么不见了？它们去哪儿了？唉，毕竟是不通人情的小动物，哪有耐性陪我收拾行李呢？但是，当我准备把衣物装进行李箱的时候，我惊讶了：大喵和老虎躺在行李箱中，两双猫眼正紧张地盯着我。

我的行李箱不大，装两只猫也只是刚刚好。

它们就这样头靠着头，身子各自微微蜷曲又相互紧贴着，刚好凑成一个长方形，整体看上去有点儿挤。像是被我发现了难以倾诉的秘密，两只猫的表情都有点儿尴尬，空气很安静。

"怎么了？你们是想跟妈妈一起出差吗？"

我笑着把它们抱出来，可是它们坚持要躺进箱子里，还互相配合得天衣无缝，刚把这只抱出来，那只就从另一个方向蹿进箱子里躺下了；刚抱起箱子里那只，另一只已迅速地占据了箱子的一边。在这期间，它们的双眼一直可怜巴巴地看着我，眼里满是哀求，令人不忍拒绝。

我能怎么办呢？对于我这样一个没有原则的人来说，当然是随猫们的便吧。哦，不对，其实我也是一个有原则的人，只不过我的原则就是没有原则。

于是，在我有原则的纵容之下，老虎和大喵在我的行李箱中睡了一夜。直到第二天一早，狗豆打算送我去坐机场大巴时，才惊讶地发现我的行李还没有收拾好。

不谦虚地说，我虽然是一个爱拖沓的人，但在某些时候，我的动作也是相当快的。在狗豆的催促声中，我仅用一分钟就把两只猫赶出行李箱，并放好了全部行李，还拉上了链子，得意地朝狗豆一笑："好啦，出发吧。"

狗豆哭笑不得："你把衣服都卷成菜干了。"

"无所谓，反正我的衣服又不会皱。"我得意扬扬地说。

告诉你一个秘密，我的卧室有一个小小的衣帽间，衣帽间里有一个大大的柜子，但是……你看，凡事总有"但是"。这个"但是"对我来说，总意味着出人意料的转折——我极少会把衣服放进柜子里。

为什么不把衣服折叠好放进柜子里？说实话，因为懒啊。

知道我懒，狗豆便给我准备了一根长长的不锈钢大挂杆，平时要穿的衣服就全部挂在那里，随时穿，随时拿。有时候晾衣架不够用，就直接把衣服堆在挂杆上，要穿的时候再大海捞针或黑虎掏心般找出来。

总而言之，我家的衣柜就像一个等级森严的后宫，有的衣服从买回来到淘汰出局，都没有机会进一次我的衣柜。

也正因为如此，我对衣服有一个非常严格的要求：不会皱。

好吧，扯远了，反正我就这样拖着一箱不会皱的衣服雄赳赳气昂昂地告别了家里的人和猫，坐飞机闯进了东方好莱坞——大横店。当晚一夜无话。

第二天，剧组开会，我挑了一条黑色西装裤和一件贴身上衣，外面还套上了一件瘦腰小西装，自以为浑身散发着高智商女性的气息。刚坐下，身边的一位小兄弟就频频看我，我暗喜："难道我的女性魅力已无法阻挡了？"

直到会开完，小兄弟走了，坐在我身边的一位小妹妹拍拍我的肩，说："姐，为什么你的衣服上有这么多毛呀？"

我一惊，转眼一看，可不是，肩上、腰间都沾着短短的细软的毛，毛色并不明显，不细看一时看不出来。

一定是猫毛！我突然想起老虎和大喵在行李箱里睡了一夜的事，心里发誓回去要狠揍它们一顿，表面却强作镇定："嗯，我这件衣服是纯毛的呢，衣料会有一点点渗出，但穿起来还是挺舒服的。"

小妹妹半信半疑地看着我，默默点头。

小姑娘，我是不会把真相告诉你的。

还记得那碗在网络上被熬得滚瓜烂熟的鸡汤吗？你现在的气质里，藏着你走过的路、读过的书、爱过的人。

而我现在的样子里，藏着我养过的猫、抱过的猫、爱过的猫。

只是这个秘密，我一般不会轻易告诉陌生人。

在横店的每天晚上，我与狗豆都会互打电话，通常通话二十分钟至三十分钟。请注意，这里完全没有秀恩爱的成分，因为我通话的对象并不是他。

通常是这样操作的：我们先打通电话，故作亲昵地说两句，然后他会把手机的声音外放，我就大声地说："老虎啊，大喵啊，有想妈妈吗？妈妈想你们啦，你们乖不乖呀？……"

然后，电话那头便会传来老虎与大喵激动的喵喵之声。据狗宝现场反馈，两只猫会对着手机龇牙咧嘴，怀疑我被关在手机里面了，继而在屋里转来转去四处寻找我……

我在横店待了整整一个月，人猫关系完全靠手机维持。可是听人说，猫的记忆只有半个月，我怀疑它们早已忘记我了。

我结束工作回到家的时候，已是半夜了。一打开门，我便看见老虎站在门口，并没有像往常那样亲热地用头蹭我的腿，而是狐疑地盯着我看。它可能不认得我了，我的心里颇为失落。

待我放好行李，老虎默默地跟过来了。我抱起它，它突然把圆滚滚的头狠狠地扎进我的怀中，还委屈地嗷嗷直叫，继而伸长脖子用脸在我脸上蹭来蹭去，不断地舔我的头发……

看不见我……看不见我……

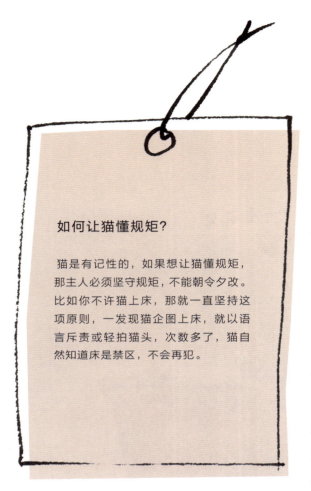

如何让猫懂规矩？

猫是有记性的，如果想让猫懂规矩，那主人必须坚守规矩，不能朝令夕改。比如你不许猫上床，那就一直坚持这项原则，一发现猫企图上床，就以语言斥责或轻拍猫头，次数多了，猫自然知道床是禁区，不会再犯。

我百感交集，这么肉麻的动作，以前是大喵的专利呀，老虎从来不会这样的……咦，大喵去哪儿了？脚上传来酸酥的感觉，我低头一看，大喵正在舔我的脚……太肉麻了，实在受不了了，可是我好开心哪。我双手抱起两只猫，仿佛拥抱着整个世界。

狗豆与狗宝站在一边，无可奈何地看着这人欢猫跃的一幕。我察觉到了他们的尴尬："那个，咱们仨要不要也拥抱一下？"

父女二人忙摇头："不了不了，你抱猫就可以了。"

毕竟是高等动物，说什么也不能跟小动物呷醋是不是？我对他们的识大体表示赞赏，觉得我们离五好家庭又近了一步。

5 我家的猫亲戚们

大喵第二次当妈妈了!

这次我们已经有了足够的经验,我每天都在日历纸上画时间,日子一天天地画掉,很快到了配种后第六十三天。

那天我有点儿紧张,早上起床时考虑请假陪大喵生孩子,后来在客厅里见了大喵,又改变了主意。

大喵正顶着圆滚滚的大肚子懒洋洋地躺在客厅的沙发上,见我出来,也只是淡淡地抬眸看了我一眼,并没有凑过来求助的意思。

我印象深刻地记得,它第一次生孩子前很主动地向我求助了。看来今天它没打算生娃呢。

于是我便安心地上班去了。不过,我心里还是有点儿失望。毕竟我都总结出猫的孕期是九周这样的结论，而且已经将其当成经验在朋友之间广为宣传了，现在大喵竟然不按我的科研理论行事，那不是在打我的脸吗？这叫我以后怎么在江湖上立足？我有点儿悻悻然，觉得这事儿大喵做得不地道。可是，转念一想，它有什么办法呢？它不过就是一只猫而已，来到这世上的时间也才两年多。就它那样的年龄，人类连说话都不利索呢，可大喵已经怀过两次孕了。

　　一整天，我都在思考，如果大喵今天还不生娃，那它会几时生？还有，我要如何向朋友们解释猫的孕期是九周这回事只是我的个人猜测，其实并不完全准确？你看，我就是这样一个浮夸的人，经常陷于这种细枝末节中，不可自拔。

　　下班回家，打开门，迎接我的仅有老虎。

　　"大喵呢？大喵去哪儿了？"我问老虎，老虎摇头晃脑只是不说话，还拿尾巴来缠我的腿。我放下手袋，摸摸老虎的头："干吗呢？是不是大喵生孩子了？"

　　"喵！"我转头一看，大喵正站在我的背后，一双眼睛巴巴地看着我。我打量着它的肚子，依然圆滚滚的。

　　我抱起大喵。奇怪，它并不像平时那样任由我抱在怀里，而是挣扎着，挣扎的力度还挺大，一点儿也不像半推半就的样子。我只好悻悻地把它放在地上。

　　"为什么呢？大喵为什么不让妈妈抱？"

　　它不说话，迈开腿朝前走，圆滚滚的肚子荡来荡去，走两步就回头看我，见我跟着才放心，又回头往前走，一直走到我为它准备的产房前——一个铺着厚垫子的纸箱。

我心里一动："大喵是要生宝宝了吗？"

大喵不说话，只是站在纸箱前不动。我把它抱进纸箱中，它含糊地喵了一声，就卧在那里不动了。我摸摸它的头："你先在这里准备生宝宝，妈妈给你煮鸡蛋，好不好？"

它朝我眨了眨眼睛。网上说，如果一只猫向你眨眼，那是亲吻你的意思。我摸摸大喵的头，跑进厨房煮鸡蛋。

狗豆正在厨房里做饭。狗豆做的饭菜非常好吃，深得全体家庭成员（包括他自己，也就是三个人）的好评。我干脆顺应民意，把做饭这件民生大事全权交给他负责了。也正因为如此，他一直是厨房里的王，除了洗碗外，我从不干涉厨房的内务。不过现在大喵临产在即，我宣布临时征用他的锅给大喵煮鸡蛋。

毕竟是关乎生孩子的大事，狗豆二话没说就把锅让了出来。十分钟后，我端着煮好的鸡蛋送到大喵的产房前。大喵也不客气，二话不说就直接张大嘴巴开吃。老虎见状也好奇地凑过来看，我拿了一点儿给它吃，它默默地嗅了一下，走了。

老虎就是这样一只自律的猫，平时的饭量很小，除了正常的猫粮和猫罐头，它几乎从来不吃任何小零食。包括我们平时煮的牛肉啊鸡肉啊什么的，它都是嗅一下就走开了，连试吃的兴趣都没有。

奇怪的是，即便它再自律，身上的肥肉也没有放过它。老虎现在的体重已经将近十二斤了，四肢粗壮，肚子更是肥硕，可见这个世界是没有道理可讲的。

大喵默默地吃完了煮鸡蛋，舔干净嘴巴和四肢后，终于开始考虑生孩子的事了。它在产房里走来走去，偶尔低低地哼一声——我估计，它生产前的阵痛开始了。

咦，看来九周孕期的结论还是没错的。我心里一喜，搬了张矮凳子坐在产房前，一边观察它的表情，一边伸手抚摸它的肚子，细声安慰它。

大喵越来越痛苦，它呻吟着，走两步，又卧下来，又再走两步，不断地在纸箱里转圈圈，频频地扭头往尾巴下瞧，估计是想看孩子出来没有。阵痛停止的时候，它会伸出舌头舔我的手，双眼默默地注视着我，我唯有不断地跟它说话安抚它。

终于，它站了起来，咬着牙发出一个沉闷的音节。一团看不清什么颜色的胎盘从它的下体涌了出来，里面的小猫在奋力地挣扎着，挥舞着四肢，似乎要竭力地挣开包裹着它的胎盘。可是，那胎盘或许是太坚固了，竟然没有破。

我正担心小猫困在胎盘里面会窒息，大喵已张开嘴巴舔胎盘了。猫的舌头是有倒刺的，只一下，胎盘就破水了，一只黑白色的奶牛般的小猫从胎盘里冒出头来。大喵快速地咬开胎盘吃起来，还咬断了脐带，又把小猫身上的羊水全部舔得干干净净。只一会儿，湿漉漉的小猫就变得毛茸茸的，可爱极了。

那小小的猫儿不过掌心大小，可是已经会吃奶了，把它放在大喵的胸前，它就嗖嗖地吃起奶来。

奇怪的声音引来了老虎。老虎探头探脑地凑过来看，一见大喵怀中的小猫，立即"惊为天猫"：天哪，我家还有这么好玩的小东西？

老虎悄悄地踱过来，伸出爪子摸了一下小猫。大喵默默地看了老虎一眼，闭目养神。刚才的生产耗尽了它的全部力气，它需要休息一会儿。或许是大喵的沉默让老虎接收了错误的信息，误以为大喵并不介意它这样做，老虎就又伸出爪子拍了一下小猫。

请注意，猫的摸与拍是完全不同的概念，不同之处主要体现在使用的力度上。摸是轻轻地接触，常用于讨好；而拍则用了较大的力量，一般是猫互相嬉戏时用得较多。

老虎刚拍完小猫，还未来得及收回爪子，大喵突然睁开眼睛，以迅雷不及掩耳之势伸出爪子狠狠地打在了老虎的脸上，把老虎打蒙了。老虎一脸无辜地看着大喵："喵喵喵！"估计是在说："我不是你的儿子吗？你就为了这个不知道哪里来的小东西打我？我伤心死了，嗷呜，不想活了。"

大喵不顾老虎的伤心，站起来对着老虎怒目而视，并发出"唬唬"的示警声。我伸手摸摸大喵，又摸摸老虎："老虎乖，自己出去吧，不要影响妈妈生孩子，好吗？"也不知道老虎听懂了没有，反正它对我这种和稀泥的劝架方式很不满，悻悻地看了我一眼，终究敢怒不敢言，可怜巴巴地跑了。

大喵这才重新卧下来，刚躺下，肚子又一次动起来了……

当天晚上，大喵一共生下了四只小猫，西瓜皮就是其中的一只。当它们长到四个月大的时候，我广发英雄帖，为它们找有偿领养。

你问我为何不像对待前一窝小猫那样把它们无偿送人？因为我不想老虎的

有情况！士兵！
现由你接管这个区域。🐾

正在检查C区，
请保持频道畅通。

猫为什么老舔毛?
如果吃下了毛发会有危险吗?

猫舔毛既可滋养毛发，令毛发更有光泽，亦可达到保洁的
作用，有利于身体健康。在舔毛的过程中，它们往往会不知
不觉地吞进一些毛发，但不必为此担忧。市面上有化毛膏可
以解决这个问题，亦可自种燕麦草给猫吃催吐，而猫也可以
自行呕吐出毛发。

检查完毕，我已返回，over！

你说什么？你处又发现情况？

虚惊一场。下士，十分钟后请到我办公室来。对，带上你的行李！

不用敬礼了，那只是我的屁股。

妈，饭做好了吗？

愚蠢的部下真让人心累！

故事再在我家的小猫身上重演。

老虎的原主人是我要好的朋友，她为人真的很好，待人善良热情，所以当她提出想要一只小猫的时候，我毫不犹豫地答应了。但是，她把小猫接回家不久后就告诉我，公婆不喜欢猫，老是让她把老虎送走。猫和狗一样，都是有感情的动物，当它们习惯了跟主人一起生活后，如果被遗弃了，那将是一件很可怜的事。它们会想不明白，主人明明是自己最信任的人，为何会放弃甚至遗弃自己。

每次见到流浪狗或流浪猫，我都会心生怜悯，并暗暗责怪那些遗弃它们的人。养宠物这种事情，要么不养，要么就应该负责一辈子。

所以，每次朋友跟我说老虎被公婆嫌弃的时候，我都会很难过。把老虎接回家后，它需要重新适应环境，还要被大喵追着打，我开始反思自己在这件事中是否做错了。

首先，我不应该把老虎无偿送给朋友。

人有个劣根性，不用花钱得来的东西往往都不大会珍惜。这种习性你有我有他也有，概莫能外。举个例子，如果你无偿赠送一只小猫，可能很多人都会头脑发热，想把它带回家。但是，当你说这只小猫售价一千元时，大部分头脑发热的人会瞬间冷静下来。他们会考虑一些问题：我真的喜欢这只小猫吗？这只小猫值得我购买吗？养这只小猫我能得到什么？这时候，只要你再告诉他们，小猫病了必须带去宠物医院看病，这个费用不会低……估计很多人就会立即偃旗息鼓了。

这个思考的过程，其实就是一场关于"我到底有多爱这只小猫"的综合考量。最后还愿意掏钱来买这只小猫的人，他考虑得会相对比较成熟，日后弃养的概率也会相对小一些。

当然，这个或许不能一概而论，因为大喵就是某个朋友无偿送给我养的。不过，这个朋友知道我是一见猫就挪不开步的"天生猫奴"，不养猫就算了，一养就会把猫当成大爷来伺候，所以他有信心把大喵送给我。

综上所述，不能再把小猫随便地送人了。

其实，早在小猫刚出生不久时，我就在微信朋友圈里晒过它们的萌照，有人留言表示想养小猫。由于与对方并不算十分熟悉，我当时没有明确表态。现在我告诉对方，小猫需要有偿领养，对方就不说话了。

我有点儿难为情，觉得与朋友讲钱挺尴尬的，但转念一想，这是对小猫的一辈子负责，这点儿尴尬又算得了什么？

猫为什么喜欢软绵绵的被子？

猫喜欢踩柔软的东西，尤其是寒冷的冬天，软绵绵的被子简直是它们的天堂。而且，它们趴在被子上时，一双前爪还会做出轻轻揉搓的姿势——其实这叫踩奶，这是猫从小养成的习惯。小猫吃奶的时候会这样揉搓猫妈的胸部，据说有利于母乳的分泌。

我决定通过网络为小猫们寻找最适合的主人。我在网上发布了小猫们的照片，没多久就收到了咨询的电话。在对对方进行了简单的了解后，我热情地邀请对方来家里看小猫。就这样，三只小猫很快就陆续被订下来了。咦，大喵不是生了四只小猫吗？还有一只哪儿去了？其实，有只棕色的虎斑小猫我们不舍得卖。为什么不舍得卖？后面再说。

　　这三只小猫，我们分别卖给了三个人。首先来看猫的是一个长得挺帅的小伙子，他叫阿明。阿明一进屋就蹲在地板上跟小猫们玩，一看他的眼神，我就知道他是真的爱猫。

　　两个月大的小猫，正是调皮捣蛋的时候，而且下手也没个轻重，一看来了个陌生人，就跌跌撞撞地围上来朝他进攻，这只抓他的手，那只咬他的脚，虽然不会真咬伤人，但小乳牙已经很有劲了。阿明咻咻地笑着："它们会咬人！它们抓我呢！哎呀，这只好可爱！我现在能不能挑一只回家？"

　　每句话，每个微表情，都是满满的宠溺，这绝对是一个好主人。最后，阿明挑了小猫中的大哥。我们平时叫它大哥猫，它是一只肥胖的白虎斑，圆头圆脑，非常可爱。

　　"我什么时候才能接走小猫？我好想立即把它带回家啊。"帅哥抚摸着小猫，可怜巴巴地哀求。我忙解释："小猫还在吃奶，再等一个月好吗？等它戒了奶、会上厕所了再来接。"

　　"好吧。"他恋恋不舍、一步三回头地走了，走到门口又回头问，"那我下周能不能再来看看我的小猫？"

才一会儿，我家的小猫就成他的小猫了。不知为何，我听了心里却很高兴，说："好啊，你有空时打个电话给我，如果我也有空，你就可以过来了。"

"好的好的。"阿明笑逐颜开，欢天喜地地走了。

果然，过了几天，他打电话给我："方便吗？我想过来看看小猫。"我家当时正在吃饭，按理说不甚方便。像是察觉到了我的犹豫，他在电话那头说："我白天要上班，只有晚上才有时间过来，实在不好意思……"

我马上说："方便，过来吧。"

几分钟后，他来了。我打开门让他进来："不好意思，我们在吃饭……"

"不要紧，你们吃你们的，我跟猫玩。"

像上次那样，这个大男孩蹲在地上，跟小猫们玩开了，边玩边拿手机拍照片和视频，整个客厅都是他快乐的笑声。

等我们吃完饭，收拾完毕，他认真地告诉我："我决定给小猫起名叫阿肥，我希望它长大后肥肥胖胖，健康可爱。"

一只路都走不稳的小猫叫阿肥？狗豆与女儿在旁边笑，我瞪了他们一眼，警告他们必须要给予一个猫奴起码的尊重，而我本人则认真地说："好的，就叫阿肥。"不过，私下里我们并没有叫大哥猫为阿肥，而是叫"明仔猫"，因为它是阿明的小猫啊。

过了一周，阿明又给我打电话，说他在一个宠物群里聊天时，有个女孩说想买小猫，他马上说我家里还有小猫，让女孩来我家里看看。可是，那个女孩在另一座城市，过来不是十分方便，于是委托他帮忙看看。

于是，一对素未谋面的网友就这样因为猫而牵扯在了一起。

当天晚上，阿明把所有的小猫都拍了照片，并一一发给对方看。那女孩挑选了一只，并立即打了定金过来。

小猫们满三个月后，除了那只棕色小猫外，其他三只小猫都被接到了新家。小猫们刚被接走的那些日子里，我牵挂它们，总忍不住向它们的新主人打听它们的情况。刚开始我还怕新主人会烦，后来才发现，原来他们很乐意分享小猫给他们带来的欢乐。

因为经常在网上谈论小猫们的趣事，好像家长们谈论自己的孩子一样，我们的距离也在不知不觉中拉近了。

"我刚给阿肥种了猫草，阿肥可喜欢吃了。"

"是吗？我也想种，只是不知道哪里有种子卖。"

"不用买，我有空拿过去给你。"

虽然不是朋友，也不是亲人，可我们是猫亲戚呀，必须互相关心，互通有无。

更神奇的是，过了数月，阿明告诉我，在我家买了另一只小猫的女孩也经常在网上跟他交流养猫的事，现在对方已经是他的女朋友了。

猫亲戚真的有可能变成亲人啊！看来猫不但能带来快乐，还能带来姻缘呢，我开心地祝福他们亲上加亲。

那啥，
快扶朕起来！🐾

6 大喵与西瓜皮的战争

现在，我们来说那只棕色虎斑小猫，那是一只小母猫。

它刚出生不久，狗豆就给它起了一个名字——西瓜皮。

一只猫的名字叫西瓜皮，实在有点儿古怪。可是，若你见了西瓜皮，便会觉得这名字真是起得恰如其分——西瓜皮的肚子两侧长着对称的圆形花纹，恰似西瓜上面的斑纹。

因为大喵生的两窝小猫基本上不是银虎斑猫就是黑白色的奶牛猫，所以，当我们看到西瓜皮的斑纹时，都非常好奇："咦，这只小猫长大后会是什么样子？"

为了看看它长大后的样子，我们考虑把西瓜皮留下来养。当时我们家中已有了大喵和老虎，再多养一只猫也不过是与家庭人口持平而已，这个决议得到了全体家庭成员的同意。

小时候的西瓜皮在一众兄弟姐妹中倒也没做出什么出格的事，反正小猫嘛，都是差不多的，调皮叫可爱，傻里傻气叫萌，不跟人玩就叫有个性，总之小猫是没缺点的。

随着兄弟姐妹的相继离开，西瓜皮也渐渐长大了。我们惊讶地发现，西瓜皮似乎没有遗传大喵的优良基因。

不管是老虎还是大喵，它们都有一个共同的特点：喜欢主动找人玩。但是西瓜皮从不这样。

西瓜皮是一只特立独行的猫。大喵和老虎喜欢我们抱，喜欢跟我们亲近，但是西瓜皮不，决不。不管什么时候，只要抱起它，它就会奋力反抗，誓死不从，一直挣扎着逃到它认为安全的地方才罢休。

而且，别的猫跟主人玩的时候，会懂得把尖利的爪子收进肉垫子里，就算玩得再疯，也不会划伤主人的皮肤，这叫懂分寸，可以说是一只宠物猫最起码的品格了。但是西瓜皮不，西瓜皮拒绝我们的时候，会伸长爪子狠狠地用力蹬，利爪过处，一条长长的划痕会马上渗出血来。

几次下来，我们察觉到西瓜皮非常桀骜不驯，也就不敢再轻易招惹它了。尤其是狗豆和狗宝，估计心里早就嫌弃它了，只是表面上还保持着不冷不热的人猫关系。

我觉得西瓜皮还可以再挽救一下，不能因为它年幼无知就放弃它，毕竟每个人都有自己的个性，谁还不是经历过很多波折后才变得越来越成熟，越来越圆滑的？于是，我经常跟西瓜皮说话，抚摸它，逐渐过渡到拥抱它，这样做果然收到了效果——我手上的伤痕又增加了几道。

我终于放弃了对西瓜皮的改造，从此人猫之交淡如水。

西瓜皮完全不在乎我们的冷落，该吃吃，该喝喝，没有因为我们的冷落而变得郁郁寡欢。也许它寡欢吧，只是我们不知道，反正猫不会说话，脸上高不高兴都是一脸毛，谁知道呢。

后来我发现，西瓜皮的高冷不但是对人，对猫也是如此。断奶以后，它就不怎么理会大喵了，更不会主动搭理老虎。总之，在我们家中，它就是独来独往的一只猫。

我们可以宽容善待西瓜皮，它的妈妈大喵却不愿意。可能大喵觉得西瓜皮的做法已经伤害了它作为母亲的尊严，因此它必须时刻教育西瓜皮。

如何教育？关于这个伟大的课题，其实所有的动物都差不多。

人类说，棍棒底下出孝子。

猫说，爪子底下出乖猫。

对于猫来说，没有什么问题是打一顿解决不了的，如果解决不了，那就打两顿好了。

于是，在我家便经常出现这样的情况：西瓜皮在前面跑，大喵在后面追，追上了便揪着脑袋狠揍，直把西瓜皮揍得花容失色。被大喵揍得多了，西瓜皮也长了一点儿记性，有时候一见大喵走近，便会警惕地瞪着大喵，尾巴炸开，俗称"炸毛"。

炸毛真是猫的一项神奇的技能，有的猫可能一辈子都不会炸毛，有的猫为了自保可能会经常奓毛。我家养的几只猫中，就只有西瓜皮会经常奓毛。奓开了毛的猫尾巴，根根毛发直竖，整根尾巴看上去蓬松无比，就像一根加强版的狗尾巴草，与古人说的"怒发冲冠"有异曲同工之妙。

对于奓毛的西瓜皮，大喵有时候买账，会迅速偃旗息鼓，有时候不买账，那一场恶战在所难免。两三年打下来，各有损伤，各有胜负。奇怪的是，西瓜皮只与大喵打架，大喵也只与西瓜皮打架，而老虎，都分别与它们保持着良好的外交关系。由此可见，敌人的朋友不见得是敌人，朋友的敌人也不见得是敌人。

通常女人打架之前会先吵几句热热身，也算是鼓舞一下士气，但女猫大有不同。西瓜皮与大喵打架之前从来不说话，它们通常会默默地互看一眼，彼此一言不发，谁先动手都行，只要一方伸出爪子拍在另一方的头上，另一方必定会迅速回应，双方摆开架势直接开打，非常干脆利落。

两只女猫的战争比女人之间的撕扯有趣得多，好看得多，也……惨烈得多。一场战争下来，往往满地猫毛。战争进行到某一阶段，有一方力有不支，便会主动撤退，另一方也不穷追，呼呼几声算是宣布战斗结束。战斗结束后，它们会找个角落各自休养生息，停个十天半月再战也行，过一会儿趁主人不在再悄悄打一架也可以，总之女猫的生活就是这么随便、任性。

在与大喵日复一日的战争中，西瓜皮渐渐长成了一个美少女，用人类的词语来形容，便是一只折耳母猫。哪个少女不怀春？西瓜皮直率地向我们抒发了它对爱情的憧憬与渴望。一般的土猫发情时，会哇哇怪叫呼唤公猫，但西瓜皮毕竟是一只有着高贵血统的英国短毛猫，因此它的表达方式比较含蓄。它会躺在地板上，嘤嘤低语，媚眼如丝，腰肢扭动，以行动，以语言，以一切它能表达的方式告诉你——它！需！要！爱！情！

这么撩人的美少女，谁能拒绝？西瓜皮的亲哥哥老虎都不能。虽然已经绝育了，但老虎真是一个身残志坚的男战士，几乎每天都追着西瓜皮来一场虚凤假凤的游戏，直把大喵看得怒火中烧，狠狠地揍了一顿西瓜皮，才算结束闹剧。老这样也不是办法，在西瓜皮两周岁的时候，我们把它送到朋友家与一只英国蓝猫成亲，嗯，其实就是配种。

西瓜皮在朋友家住了三天，朋友说，西瓜皮根本没看上猫新郎，异常凶恶，不让人家接近。更严峻的是，西瓜皮为了抗议这段盲婚哑嫁，已经不吃不喝三天了。我们大惊，忙把西瓜皮接回家，结婚的事就不了了之了。

过了没多久，我出差到北京待了一个多月，有时候在电话中问起家中诸猫，家人说还是那样啊，都挺乖呀，西瓜皮？还是那样，不近人，与大喵打架……总之家中安好，一切没有变化。

我出差回来的时候是晚上。坐在沙发上吃水果的时候，我惊愕地发现，布艺沙发上竟然有一只小小的蓝猫！哪里来的小猫？我震惊地叫起来，家人忙过来看，皆惊诧不已。是啊，哪里来的小猫？看样子出生已经有一段日子了。

在我们的惊呼声中，西瓜皮出现了。它轻快地跳上沙发，敞开怀抱，那小蓝猫就钻进它的怀里吃奶了。西瓜皮微闭着眼睛，慈爱地舔舐着小猫的毛发。

原来，西瓜皮与猫新郎还是圆房成功了，而且已经当妈妈了！家里人对此毫不知情。我不相信西瓜皮只生了一只小猫，把家里翻了个底朝天，甚至再三

先吃小红帽还是先吃外婆？

剧本是怎么写的？

盘问西瓜皮，看能不能找到其他小猫的下落，但西瓜皮均用眼神坚定地表示：就只生了这一胎。

我终于死心，只能选择相信它。

奇怪的是，西瓜皮当了妈妈后，大喵竟然不跟它打架了。每当西瓜皮喂奶的时候，大喵便站在旁边看着小猫。小猫吃饱了，大喵便会走过去给小猫舔毛，俨然就是一个慈爱的外婆的形象。对于大喵的主动示好，西瓜皮也不拒绝，母女俩同心协力地照顾着小猫，关系达到前所未有的和谐统一。

那真是一段相当温馨的日子。

三个月后，小奶猫渐渐长大，再也不需要无微不至的呵护了。大喵的注意力不再集中在小猫身上，它猛然记得，自己与西瓜皮之间是有旧怨的，于是新的战争一触即发……

从那以后，女战士大喵与西瓜皮就贯彻生命不息、战斗不止的原则，天天打个没完。一场架打下来，往往殃及池鱼，家中的布艺沙发已经换成木沙发了，天台上种的沉香树也伤痕累累。不过，这又有什么关系呢？对于猫男女来说，打架也是健身的一种方式啊。

猫上火怎么办？

网上经常看见有些猫的眼睛里有眼屎，严重的甚至糊满了眼眶，影响了猫的形象不说，估计猫自己也不好受。为什么会这样？剔除细菌感染等原因外，最大的原因可能是猫上火了。

猫上火了怎么办？我们的经验是喂食维生素 B_2。我家大喵是特别容易上火的体质，刚到我家的时候，它眼屎特别多，后来我们给它喂食了维生素 B_2，这个小毛病就渐渐好了，现在它的双眼非常清澈干净。

另外，维生素 B_2 对猫的口角炎和口腔溃疡也很有效。当发现猫患了口角炎（症状是口腔或嘴角发白、流口水，有时候甚至有口臭）的时候，喂它吃两三天维生素 B_2 就会见效。不用买进口的维生素 B_2，买药店常见的国产品牌就行，一瓶一百粒，仅需几元钱，可谓物美价廉。早晚各一粒，连喂三天即可。

如果你的猫是蠢猫，可以把维生素 B_2 直接放在猫粮中，让它不知不觉地吃下去；如果你的猫较聪明，那就要哄哄它，趁它不备时把药片塞进它的嘴中。我家大喵居于两者之间，我给它喂食维生素 B_2 的时候，它是直接张开嘴让我喂的，可能它也知道这东西对它有好处。

7 绝育那些事

养宠物的人都知道，如果不是以繁殖为目的，宠物发情的时候，实在是一件非常烦心的事情。为情所困真是一件伤神、伤心、伤脑的事情，人类失恋会痛哭，会失眠，会茶饭不思；而猫，它们不但全部掌握了人类的这些技术，甚至还无师自通地开辟了一项新技能：随地大小便。

你也许见过失恋会自杀的人，但你没见过失恋会随地大小便的人吧！所以，从这个角度来说，猫还是挺会创新的。

然而，不是所有的创新都应该得到赞许。我希望在不久的将来，科学家们能研究出一种与猫对话的密码，告诉猫界群众：一发情就随地大小便的行为实在不值得推广，必须立即杜绝，这对于共建良好的人猫关系非常重要。

当老虎第一次在家里乱排泄的时候，我曾经上网查过资料，也请教过养猫的方家，大家都说，乱拉是公猫发情号地盘的征兆。什么叫号地盘？就是宣示主权的意思，表示我把尿撒在这里，这里的美女，哦，不，这里的美猫就都归我了，别的公猫都给我麻溜儿滚开；另外还有一层意思，就是希望美猫闻到尿味儿快快过来成其好事。

我原来也以为猫随地乱拉是为了求偶，直到我们把大喵送出去配种，老虎一个人在家时，它依然乱拉，我不由得开始怀疑之前的判断。

整个家里只你一只猫，你乱拉给谁看？我一怒之下，就狠狠地揍了老虎一顿。在猫面前，我一贯演绎的都是贤妻良母的角色，鲜少对猫发火。我的出手令老虎措手不及，它还没有反应过来，脑袋就被我拍了几下。

对于我家的猫来说，这已经是非常严厉的惩罚了。老虎出于对封建家长的畏惧，哀嚎一声，跑了。

老虎从此改邪归正了吗？当然不，它依然我行我素地随地大小便。而且我发现，它甚至故意当着我的面随地大小便。

几次下来，我终于恍然大悟，老虎随地大小便的目的除了发情之外，还有一个重要因素——泄愤。

是的，泄愤。

它对我们有意见，埋怨我们没有照顾好它从心灵到肉体的需要，埋怨我们送走了大喵，却没有为它安排一个配偶，所以它要随地乱拉。那臭气熏天的粪便，是它对这个不公平的丑恶社会发出的无声的控诉。

我是一个从善如流的人，恍然大悟之后自然要为老虎做点儿实事。前面已经说过，为了成全老虎的夙愿，我公开为它招嫖了，而且这次招嫖相当成功，老虎为家里创收了五百元，后来那母猫果然生下了几只"老虎"。

那之后有一段时间，老虎变得又乖又黏人，我若在客厅，它必定守在我旁边；我若进卧室，它必定殷勤地跟进跟出。如果它能说话，必定是一个早请示晚汇报的忠诚卫士。

然而好景不长，过了没多久，老虎故态复萌了。我们觉得不能再纵容老虎了，必须把它送去宠物医院做绝育手术。手术前夕，我向宠物医生了解绝育手术的风险。医生说，这个手术很简单，只需要用手术刀在公猫的两个蛋蛋间划一刀，然后把两个蛋蛋取出来，再抹上消毒药水，连线都不用缝，最长一周，最短三四天，就可恢复了。

不过，因为要打麻醉药，而且术后还要连续打三天消炎针，所以这个手术在我看来还是挺大的。术后，老虎很快就恢复了。从外观上看，它似乎并没有太大的变化，原来两个蛋蛋的位置依然保持着蛋的轮廓。但我知道，里面的蛋蛋已经不见了。

也不知道老虎知不知道这件事，反正它没有表现出任何不高兴的态度。自此，我们家又恢复了一团和气的幸福景象。

转眼间，大半年过去了，又是一年的春天。

大喵又发情了，像为情所困的少女一般茶饭不思，不断地伏在窝里呻吟，或者干脆瘫在地上打滚。而老虎并未察觉自己的蛋蛋已被换了乾坤，它爬上大喵的身，兴致勃勃地欲一展身手……结果可想而知，大喵更生气了，老虎抱着心有余而力不足的遗憾略显尴尬地跑开了。

看着它依然矫健的背影，我心里很不是滋味。老虎啊，你失去的何止是两个蛋啊，那是你的青春和美好的回忆啊！

我因此对老虎背负着深深的愧疚，决定带大喵去绝育。

对老虎负疚，为什么要让大喵绝育？其实主要还是为了大喵。我们不想再让大喵生孩子了。母猫发情如果长期得不到交配，会影响其身体健康，两害相权取其轻。再加上，如果大喵不发情，就不会再刺激老虎，老虎就不会失落了。

因此，让大喵绝育是利国利民的大好事呢。

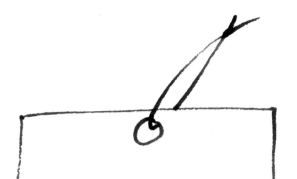

怎样防止猫猫长虱子或螨虫？

在家居环境保持卫生的前提下，基本上不必太担心猫猫会长虱子或螨虫。但如果已经发现猫身上有虱子的痕迹，也不必太惊慌，可以根据需要请教专业的宠物医生杀虫，亦可自行选购正牌的猫类药物驱虫。另外，若猫猫有可能在花园或野外活动，每隔一周左右应喷洒药物做预防。

就在我们准备带大喵去绝育的两天前，我接到了北京合作公司的电话，说有个新项目准备启动，让我到北京去一趟。考虑到母猫的绝育手术比公猫复杂得多，我决定先去北京。也正是这次北京之行，令我们改变了给大喵做绝育手术的决定。

我在北京待了十多天。有一天深夜，我的手机突然响了，来电显示是一位猫亲戚的号码。前面已经说过，每位养了我家小猫的人，都是我家的猫亲戚，我们一直保持着较密切的联系。

这位猫亲戚也是一位文艺女青年，平时做事斯文内敛，极有分寸。但是那天一接通电话，我便听到了她的哭声。

"乐乐死了。"电话那边传来她的抽泣声。乐乐是大喵生的母猫，也是老虎同一窝的妹妹，长得圆头大眼，非常可爱。老虎做绝育手术的时候，她曾向我打听过老虎在哪家宠物医院做手术，在我出差期间，他们也带着猫妹去那里做了手术。

据宠物医院说，手术很成功。他们把猫妹接回家后，猫妹也没有表现出什么不适，能吃能喝能睡。他们每天都带猫妹到医院打消炎针，总之医生要求的一切事项他们都照办了。万万没有想到，在手术后的第六天，他们下班回家后，发现猫妹的身体已经僵硬了。

"我知道你在出差，本来不想告诉你的，但也知道你疼乐乐，还是要告诉你一声。"对方带着哭腔竭力把话说得清楚明白，而电话这边的我已经泣不成声了。

当天晚上，我失眠了，心里疼得难受。

如果不是我介绍他们把猫妹带去那家宠物医院做绝育手术，猫妹是不是就不会死？我老是这样问自己，并不断地上网查母猫绝育的风险。网上说，由于母猫的绝育手术是要打开腹腔的，所以母猫绝育的风险远远高于公猫。

我倒吸了一口冷气，决定放弃对大喵的绝育手术。

从北京回来后，我把大喵带去配种了。因为宠物医生说了，如果母猫长期

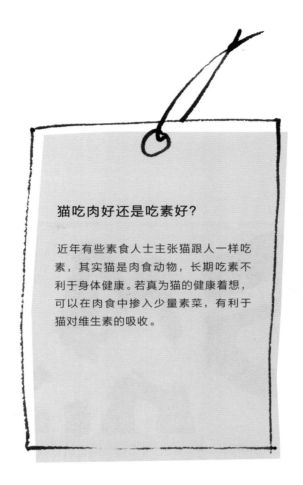

猫吃肉好还是吃素好？

近年有些素食人士主张猫跟人一样吃素，其实猫是肉食动物，长期吃素不利于身体健康。若真为猫的健康着想，可以在肉食中掺入少量素菜，有利于猫对维生素的吸收。

发情，会导致子宫蓄脓而影响健康。与其如此，不如找一种更为适宜的方法让它享受猫生乐趣。

猫生艰难，最长也不过短短十多年，大喵又不需要攻克什么科学难题，我们总得为它找一条没那么艰难的路去走，是不是？

从那以后，我便有了心理阴影。从理智上，我赞成所有的猫都必须绝育，那是保证它们幸福猫生的前提；从感情上，我却不愿意把家里的母猫带去绝育，因为我担心它们会有意外。

每个猫奴都经历过这样纠结的时刻吧，既想对它好，又怕伤害它。

我发誓，这真不是我干的！

站在熊的身上我就
是熊猫！

母猫的产程多长？

正常情况下，母猫生产的时间持续数小时，大约是一个小时左右产一只小猫，直到完成整个产程。但是，有时候猫妈受情绪或身体等因素的影响，也有可能持续较长的时间。嘀嘀曾经产出两只小猫后就停止了生产，过了两天送到医院检查发现腹中还有小猫，打了催产针后才又产下另外两只。为了猫妈的健康，一旦它在生产中出现难产现象，请及时送往宠物医院救治。

鲨猫！不是
傻猫！

⚬ 那些悲欢离合

大喵第三次怀孕了。九周后，它生下了三只浅色的小猫，一只猫弟弟、两只猫妹妹。

也许是因为营养充足且胎数不多，三只小猫都长得胖乎乎的，双眼又圆又大。可是我愁死了，为两只猫妹的未来担忧。我既不敢带它们去绝育，又舍不得让它们一直生下去，可是它们终有一天会长大，如果发情怎么办？

小小的猫咪被猫妈抱在怀里，对这个复杂的世界一无所知，我忧心忡忡，不知如何是好。我爱它们，每天无数次地看着它们毛茸茸的小脑袋发呆，趁它们睡着了把它们放在掌中端详。此刻它们是我掌心里的宝啊，我却担心自己不能许给它们一个幸福的未来。它们的眼睛还没来得及睁开，我就已经在担忧它们将来要承受的苦楚了。

大喵确实是个尽职尽责的好妈妈，把小猫照顾得无微不至，仅仅两个多月，三只小猫就长得又粗又壮了。我们给它们起了名字，猫哥哥叫肥丁，两个猫妹妹分别叫大肉和嘀嘀。

肥丁和大肉，一听名字就知道跟体形有关，它们确实没有辜负曾经吃过的奶和猫粮。可以说，它们吃下的所有食物都很忠于职守地伪装成粪便排出了体外，然而食物的灵魂却悄悄地以营养的身份潜伏了下来，最终把它们打造成了肚大腰粗的小胖子。

它们都是猫界吃货，任何时候，只要听到动静，它们就会一骨碌循声而来，不管是啥东西，先张开嘴巴乱啃一通。那段时间，狗豆和女儿的裤子都被它们撕开了好几个口子。

它们对食物的热衷令它们完全丧失了起码的判断能力，狗豆因此屡屡被它们误伤。每天傍晚，狗豆在厨房做饭的时候，小猫们便会闻声而动，争先恐后地往厨房奔，趁狗豆专心炒菜之际，抱着他的裤腿往上爬，或者直接抱着他的小腿开咬。等它们发现嘴边的东西并不适宜当食物时，狗豆脚上的皮肤已经被划上了无数道伤痕。

为了阻止小猫进厨房，狗豆干脆关上了厨房的门。我家的厨房与客厅之间是玻璃趟门，刚开始的时候，这玻璃趟门确实能挡住年纪尚幼的小猫。它们透过玻璃趟门看见狗豆在里面，一致认定他背着它们在偷吃，于是对着玻璃趟门喵喵喵地大呼大叫。

隔着门大呼大叫是不会影响狗豆在厨房里面做饭的，也不会对他的身体造成任何干扰，所以狗豆很是自鸣得意，为自己战胜了三只小猫而欢欣不已。

可是，才过了两天，他便又苦着脸向我们展示脚上的伤痕，因为厨房又沦陷了。

为什么？因为大喵出场了。平心而论，大喵并不是一只馋嘴的猫，也不是一只随便的猫，在饮食方面，它要求甚高，除了我们买的猫粮和罐头，基本上不会主动要吃的，对厨房的任何响动都不感兴趣。小猫刚开始进攻厨房的时候，大喵只是冷眼旁观，并不参与，但是后来，看着小猫每天围着玻璃门哇哇大叫，它的一颗慈母心开始作祟了。

众所周知，慈母多败儿，人类如此，猫界亦脱不了这个俗套。这个时候，大喵已经在我家生活了两三年，它当然清楚地知道玻璃趟门怎样才能打开。于是它默不作声地走近玻璃趟门，一双后腿站定，一双前腿放在门上轻轻地往左拨——玻璃趟门应声而开。

三只小猫以嘀嘀带头、大肉紧跟、肥丁殿后的阵仗闯进厨房，在狗豆来不及反应之时，就快速无比地抢占了有利位置。正在炒菜的狗豆拿着锅铲向我们挥手求救：肥丁沿着他的裤腿已爬到了他的大腿位置，嘀嘀也抱着他的小腿不放手，大肉倒是老实，它一直乖乖地站在地上给他舔脚呢——并非它不想抱腿往上爬，而是因为它实在太肥了，四只爪子支持不住它的体重，所以它只能直接啃脚趾了。

此事的始作俑者大喵好整以暇地站在一边看着三个熊孩子的所作所为，不但不上前制止，反而露出颇欣慰的表情，也许还为孩子们的主动进攻而沾沾自喜。我和狗宝冲进厨房，手忙脚乱地制止了小猫们的偷袭。狗豆拉起裤腿给我们看，小腿和大腿上又多了几道或深或浅的抓痕。

爪子既是猫身体的一部分，也是它们进攻的工具。而小猫资历尚浅，还不知道如何恰当地运用工具，所以，当它们与主人嬉戏的时候，往往不懂得把尖利的爪子藏起来。

它们并无恶意，但是它们无意识的行为会抓伤我们的皮肤。无可奈何之下，只能给它们剪趾甲。不管大猫小猫，对于剪趾甲的行为都有一种本能的抗拒。给大喵和老虎剪趾甲的时候，它们会挣扎，但简单地哄两句，再轻轻摸摸头，基本上就可以顺利地剪好所有的趾甲了。

至于西瓜皮，根本不用哄也不用摸，养它这么大，我还从未成功地给它剪过趾甲呢，因为它从来不让我们抱。有时候，趁它睡觉的时候，我会轻轻地剪它的趾甲，但往往刚剪好一个，就会被它发现。它会很生气地又蹬又抓，所以剪趾甲这回事，西瓜皮基本上可以忽略不计。幸亏它从来不主动抓人，长着长趾甲对我们也没有什么影响。

给小猫剪趾甲常常令人忍俊不禁，因为它们会凶人，除了四脚挣扎外，嘴巴还会发出呼哧的声音，既是愤怒又是警告。如果它们能说话，估计是这样的话："别动我趾甲，我咬你啊啊啊！"

给大喵和老虎剪趾甲的时候，它们虽然不高兴，但拘于和我的交情，也不好意思撕破脸，一直以来都是逆来顺受。小猫就不同了，它们仗着自己年幼无知，完全不给我面子，但终究力气有限，只能圆瞪着一双贼溜溜的眼睛，摆出一副生无可恋的表情，看着我一个个地剪掉它们的趾甲。

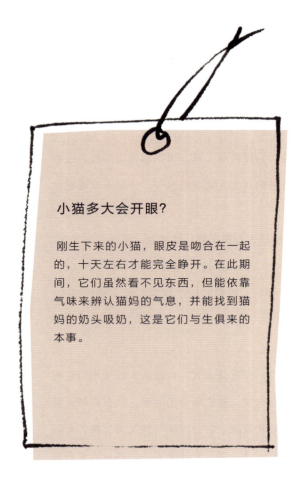

小猫多大会开眼？

刚生下来的小猫，眼皮是吻合在一起的，十天左右才能完全睁开。在此期间，它们虽然看不见东西，但能依靠气味来辨认猫妈的气息，并能找到猫妈的奶头吸奶，这是它们与生俱来的本事。

数月后，小猫断奶了，它们的性格也渐渐变得温顺，不再乱抓人了。小猫的成长跟人类差不多，小时候的我们总是那么莽撞、直率，不撞南墙不回头。随着渐渐长大，我们身上的棱角会被磨平，终于活成了今天这个样子。

有时候，我们沾沾自喜，觉得自己变成熟了、懂事了，其实不是，是我们对这个世界妥协了。

在小猫日渐懂事的时候，我们相继为它们找到了新主人。

肥丁的新主人是一个长得很白净很漂亮的女孩。她说她很喜欢猫，但没有养猫的经验，怕照顾不好肥丁。我安慰她，猫是一种很聪明的动物，只需要她提供必需的饮食和良好的卫生条件，它就能很快适应环境，并且无师自通地学会与主人相处。在我的鼓励下，女孩决定把肥丁带回家。

不过，女孩又向我提了一个新问题："猫会发情吗？如果猫发情怎么办？"

我老老实实地说："会，它们发情的时候，会发脾气，会到处乱尿尿。"

女孩惊叹：“那怎么办啊？”

我心里微微一笑，这个女孩是真的爱猫啊，知道养猫会出现各种问题，已经开始寻找解决问题的办法了。这才是猫奴该有的态度，那些一发现问题就想放弃养猫的人，不是真的爱猫。

于是，我耐心地说：“肥丁是公猫，你可以等它长大了给它做绝育手术。做了手术后，它会很乖的，会成为全家人的好朋友。”

女孩开心地说：“好啊好啊！只是，我这边没有宠物医院，你能帮我带它去绝育吗？手术费我付。”

我答应了。等到肥丁将近周岁的时候，我们带它去做了绝育手术。待它康复后，女孩过来把肥丁接回家了，肥丁从此开启了它与众不同的美妙的猫生。如何与众不同？后面的章节再详细说。

大肉是八个月大的时候去它的新主人家的。它的新主人家离我们家有点儿远，有一百多千米，我们决定驱车把大肉送过去。在此前，大肉从来没有出过门。

一上车，大肉像是有预感一般，一直紧紧地抱着我的手不放。我把它抱在怀里，低声安抚它。与此同时，我心里涌起内疚的感觉，怀疑大肉已经知道它要与我们分开了。

与猫接触的时间越长，我越相信每只小动物都是有灵性的，也许它们拥有某种人类所没有的超能力，只是我们不知道而已。

抵达目的地后，大肉的新主人在路边等我们。我打开车门，打算把怀里的

已进入物品形态……

唉，这绳暴露了我。

大肉交给新主人。大肉却一反往日的温顺，固执地往我怀里钻，四只爪子均紧紧地抓住我的衣服。它的利爪都从肉垫里伸出来了，我的衣服瞬间被抓起了丝。

前面说过，懂事的猫在与主人接触的时候，会懂得把利爪藏起来，避免伤害主人。现在大肉的表现，说明它的情绪已经不受控制了。

我暗叫不妙，连忙把大肉抱回车上，慢慢地哄到它心情放松了，再让新主人拿纸箱来。一见纸箱，大肉的眼睛就亮了，马上毫不犹豫地钻了进去。我立即把纸箱顶封住，把纸箱连同大肉交给新主人抱回家。也不能怪大肉蠢，对于猫来说，纸箱有着非比寻常的神秘力量，你把纸箱放在任何一只猫面前，它都会毫不犹豫地钻进去。

当纸箱重新被打开，大肉从纸箱里走出来的时候，它才发现自己已到了一个完全陌生的地方，面前的人一个也不认识。大肉先是发愣，然后突然大声地哭了！

是的，哭了。大肉的新主人录下视频发给我，声音大概是"嗷——嗷——嗷——"，音节拉得很悠长、很凄凉。

我从未听过家里的猫发出这样的声音，心里既难过又内疚。大肉一定以为我们不爱它了，所以才把它交给了别人。

我对新主人说："你打开手机的声音外放，我要跟大肉说几句。"

我对着手机说："大肉，你怎么了？你乖好不好？"我声情并茂地说了半天，终于把大肉哄好了。据新主人说，大肉当时就停止了叫声，它听到我的声音，以为我也在屋里，马上转开了，四处寻找我的身影。

这样也好，起码可以分散它的注意力，我终于松了一口气。

可是，当天深夜，新主人又打电话给我，说大肉不吃不喝，一直在哀嚎，叫得比白天还凄凉。想起过往的每天晚上大肉都是跟我在一起，惦挂着我也是情有可原的，于是我又让新主人把手机声音外放，在电话里安慰大肉。大肉先是对着手机喵喵地大叫，继而又在屋里各个角落找我。

原以为过了一夜就好了，谁知连续几天，大肉在新家只做两件事：哀嚎，以及四处找我。

大肉的哭声把新主人的心都哭碎了。新主人打电话给我说："大肉太可怜了，整天不吃不喝，哭得像个小孩，要不我还是把大肉还给你吧。"

我的心顿时酸楚无比。大肉本是最馋嘴的，一个吃货几天不吃不喝地熬着，一定是伤心到了极点。可是大肉啊，这个新主人是真的心疼你啊，错过这么疼你的主人，以后我不一定能帮你找到更合适的主人了。

有些别离，我们必须一起去面对，去承受，过程也许会痛苦，会流泪，但这是我们避免不了的成长历程啊。人生如此，猫生亦必须如此。

那是一段伤感而矛盾的日子，每天，我既盼望新主人给我发信息，又怕新主人发信息来说大肉还在哭；我既想知道大肉过得好不好，又怕大肉还在哀嚎着找我。

终于熬到了第五天，新主人打电话来，高兴地说："大肉不哭了，开始跟我们玩了。"

"啊，真好。"我高兴地说，心里却又隐隐涌起了一股酸酸的感觉，就像心里被生生挖了一个洞。也许过不了多久，大肉就会完全爱上新家，爱上新家的每个人，然后，它会渐渐地忘记我们，忘记我们之间曾发生过的一切开心事。

这既是人生，也是猫生啊。人猫都一样，得到一些，就会失去一些，只能叹一口气，继续往前走。

三只小猫，现在只剩下嘀嘀了。当然它并不孤独，有大喵和老虎、西瓜皮陪它玩，它的生活相当丰富多彩。更重要的是，它在家中有着深厚的群众基础，换句话说就是它背后有人。

背后有谁？当然不是我。

是狗宝的爸，我的丈夫——狗豆。

嘀嘀刚生下来的时候，个子较小，当然这是相对于肥丁和大肉来说的。其实它长得也不小，但在狗豆眼中，它就是嘀嘀（在我们的家乡话中，嘀嘀是小或少的意思）。于是，嘀嘀就成了它的名字。

这时候，我们已经为嘀嘀找好了新主人，对方约定了时间过来接它。某天，对方正准备给我打定金的时候，我突发奇想："要不你跟嘀嘀视频吧，你们先熟悉一下，培养感情。"对方答应了，然后我抱着嘀嘀一起跟对方视频。正是这次视频让我改变了主意，因为我发现对方住的房子很简陋，而且略显脏乱，似乎环境并不好。

"你住的是出租屋吗？"

"是的。我在这边打工，一个人太孤独了，所以想买只猫陪我，以后我还是要回老家的……"对方滔滔不绝地说着，我的心里却凉了半截。

他住的是出租屋，很快要回老家了，那到时嘀嘀怎么办？猫的寿命有十多年，如果他很快回老家，以他的经济条件，不一定愿意花太多的钱让嘀嘀坐飞机一起回家，届时嘀嘀极有可能遭受遗弃……

我把情况跟狗豆一说，狗豆马上说："不卖了，把嘀嘀留下来。"

我惊讶地看着他："可是留下来，我们家里就有四只猫了，会不会太多了？"

然后，我听到我的丈夫，一个从来不懂得跟我说甜言蜜语的人，竟然说："可是我喜欢的，只有嘀嘀一个呀。"

眼神灼灼，言之凿凿，就像言情片中的男主角深情地对女主角说："弱水三千，我只喝你这一瓢。"

感人是感人，可是被表白的女主角不是我。

我哭笑不得："好吧，那就留下嘀嘀。"

其实，狗豆和嘀嘀之间的猫腻我早就发现了。

这得从我家的帮派说起。不要看我家人口简单，有人的地方就有江湖，因此我家有两大帮派，一派是我，一派是狗豆。

在小猫出生之前，我们这两大帮派一直是强弱悬殊的。我这边有狗宝、大喵、老虎等拥护者，狗豆那边就他自己一个人。你会说，不是还有西瓜皮吗？它向来不问世事的。所以狗豆在家里势单力薄，家里的猫除了想吃东西的时候叫一下他之外，平时根本不理他。

他的这种悲凉可用一句话形容：满屋都是猫，可是我依然孤寂。

因为猫不跟他玩啊。

这种不乐观的局面，因为嘀嘀的出现而终于终结了。嘀嘀从小对狗豆特别亲近，估计这与狗豆长期奋战在厨房有关。毕竟嘀嘀是一个吃货，很小的时候就带着肥丁与大肉去厨房围堵狗豆了。所以，当它稍大时，很自然地就与狗豆格外亲近。

古人有云，近厨得食，近民得力。嘀嘀估计也是深谙此理的，它经常主动亲近狗豆，主动跳进他的怀里求抱抱，主动在我们吃饭的时候伸手拍拍狗豆的肩膀，不叫不闹也不抢，眼神专注而炽热地看着他："看呀，我在这里呢。"

一个长期被猫冷落的人，突然被人，哦，不，被一只猫这样讨好、亲近，狗豆的心情简直可用感慨万千来形容。为了报答嘀嘀的知遇之恩，他唯有不断地把碗里的肉细心地撕开，放在嘀嘀面前请它吃。

当然，嘀嘀最成功的地方不是获得了狗豆的喜欢，而是在获得了狗豆的喜欢的同时，也得到了我和狗宝的宠爱。因为它也经常跳进我们的怀中求抱抱，也经常拍拍我们的肩膀暗示我们给吃的。

你看这个世界何其令人失望，越是没有原则的人，越容易得到大家的喜欢，因为大家都没有原则。

⑨ 嘀嘀打架

　　日益长大的嘀嘀把我家的人猫关系推向了一个新高度。以前，狗豆对猫上床有种本能的抗拒，我只能趁他不在卧室的时候悄悄让老虎和大喵上床玩一下。但是现在，他主动让嘀嘀进卧室。嘀嘀爬上床在被子里钻来跳去，他也只是宠溺地说："嘀嘀，你不乖乖，想挨打打吗？"

　　他脸上的宠爱与语气间的温柔，我只在两个阶段见过——一是我们热恋的时候，二是狗宝牙牙学语的时候。现在，他把这种宠爱与温柔都给了嘀嘀。

　　以前，他规定不许让猫进房间，如果不小心被猫蹿了进来，也绝不能让它们上床。可以说，床就是他对猫最后的底线。现在，他对嘀嘀跑上床视若无睹，连底线都不要了。

　　所以说，规则只能约束那些对我们而言不那么重要的人，人类懂得恃宠而骄，其实猫也懂。

嘀嘀在家中的地位可用万千宠爱来形容。它就像一个善于察言观色的小学生，越是知道老师喜欢自己，越是卖力地表现，成绩要好，说话乖巧，这样越发容易得到老师的偏爱。总之，在嘀嘀的映衬之下，不识时务的西瓜皮自不必说了，连本来乖巧的老虎和大喵也黯然失色。

这是有事实可依的。以前我们家网线的用户名是"老虎和大喵"，自从嘀嘀出现后，狗豆把它改成"嘀嘀、老虎和大喵"了。凡事讲究个先来后到，可狗豆对嘀嘀的偏爱已经到了毫不掩饰的地步了。

可悲的是，虽然其他几只猫的地位一落千丈，它们却毫无危机感。尤其是大喵与西瓜皮，它们依然打架，打起架来依然那么歇斯底里、不顾形象。老虎虽然不打架，但它对于母亲和妹妹打架这回事，从不表态也不参与，只是远远地避开。说心里话，作为猫家族唯一的男丁，老虎的做法颇令我们失望，一只既不帮母亲也不爱妹妹的猫，自然饱受非议。

总之，大喵与西瓜皮的战争也间接连累了老虎，唯一的得益者是嘀嘀。每当它们打得毛发乱飞的时候，狗豆总会抱起嘀嘀心疼地说："嘀嘀不要怕，它们打架不乖，我们不跟它们玩。"

说来也怪，每逢这个时候，狗豆想把嘀嘀抱到相对安全的地方，嘀嘀都会一反往日的温顺，固执地跑回原处，继续围观大喵与西瓜皮打架。那时候，我们都以为它是因为好奇，后来才知道，当时年纪尚幼的嘀嘀其实已经在酝酿着一个重大的决定了。

嘀嘀将近一周岁的时候，以一种很特别的形式给自己献上了成年礼。

　　那天晚上跟平时并没有什么不同，狗豆坐在客厅里，一边看《新闻联播》一边玩手机，我坐在他旁边，一边看书一边玩手机。我们常常这样，明明都在玩手机，却喜欢装作关心国家大事和热爱阅读的样子。

　　突然，大喵与西瓜皮又开始打架了。并没有什么特别的理由，无非就是你看不惯我，我也不想给你面子，互瞪几眼后就开始动手了。猫打架跟人打架有时一样，有时又不一样。人一打架就会扭打在一起，难解难分，而猫打架是先打一会儿，再互相瞪几眼，觉得还不解恨，就凑在一起继续打，所以猫打架经常会中场休息。

　　趁它们中场休息的机会，我苦口婆心地劝这对母女以和为贵，谁料越劝越糟糕，两只猫都没有给我面子，它们不但马上接着开打，而且越打越激烈，双脚站立，双手互殴，掌风过处，猫毛乱飞。

　　像往常一样，老虎一见这架势，就摆出一副"是非之地，不可久留"的姿态，远远避开，不知道躲到哪个角落去了，而嘀嘀还是站在原地默默地看。我怕嘀嘀被误伤，正想抱开它，谁料它突然一把推开我，竟然跳进了两只猫之间，噼里啪啦地对着大喵打了起来。

　　大家都愣了，西瓜皮也愣了。而大喵直接被嘀嘀打蒙了，它嚎叫着，根本来不及反应，估计心里也在问一万个为什么："关你什么事呀，我是你妈呀，为什么打我？"

　　可是，嘀嘀根本不回答它的疑问，它只是一心一意地揍大喵。大喵也不是省油的灯，很快便反应过来，迅速重整旗鼓，改变攻击对象，两只猫专心专意地打了起来。刚开始的时候，西瓜皮以为嘀嘀是自己的援军，想与嘀嘀联手收拾大喵，但它一凑近，嘀嘀便会毫不留情地转而攻击它。

原来，嘀嘀谁都不帮，它就是为了打架而打架，谁离它近就打谁，怎样方便怎样来。

试问这个世界，还有谁会如此纯粹地打架？不讲感情，不求正义，只是为了打架而打架，真是无欲则刚啊。

大家都知道，无欲则刚的人很受人敬重。而无欲则刚的猫同样受猫仰视，西瓜皮带着感慨与不解，默默地退出了战场。

那是一场残酷而漫长的战争，惨烈程度可以说刷新了我家以往所有的猫战历史：大喵的嘴角被抓伤了，嘀嘀的鼻子被划了一道口子。

要知道，以前大喵与西瓜皮打架，可从来没有出现过这么明显的损伤啊，最多也就是揪掉几把猫毛而已。

我们也搞不清谁胜谁负，反正嘀嘀在我家是一战成名了。

此后，大喵又与西瓜皮打了几次架，每次它们嚎叫着准备动手或正在动手的时候，嘀嘀总会闻讯而来，积极地参与其中。它不管谁对谁错，也不负责调解，只管揪准其中一个，狠狠地打，打到对方怕为止。

在我们看来，这种做法未免有点儿不合情理，但也拿嘀嘀毫无办法。家里养过至少两只猫的人都知道，当两只猫打架的时候，谁也接近不了，其实也不敢接近，真的，杀伤力极强。

几次下来，大喵与西瓜皮终于变聪明了。它们知道把事情闹大了会惹麻烦，因此打架也不敢像以前那样大张旗鼓了，只能小范围地、偷偷摸摸地打。但偷偷摸摸地打也不行，嘀嘀总会及时出现，又及时出手，而且总会贯彻它一贯不帮理不帮亲的风格，随便挑一只猫往死里揍。

就问你怕不怕？

2014年，滴滴打车在全国风行，而嘀嘀打架在我家成为一种既正义又和稀泥的象征。

嘀嘀打了几次架后，大喵和西瓜皮不敢再打架了。它们变得空前友好，心里再有意见，也不敢表露出来，再看不惯对方，也只是互瞪，再瞟一眼站在旁边的嘀嘀，就会不约而同地自行消化掉敌意。

当然，嘀嘀并不是只会打架，不打架的时候，它会给猫们舔毛。不管是大喵还是老虎，抑或是西瓜皮，它都会主动凑上去表示亲昵。俗话说，伸手不打笑脸人，更何况对方还武艺高强。所以，虽然嘀嘀常打架，但家里的猫并没有因此而对它有意见。

总之，那段时间我们家呈现出前所未有的和谐，三人四猫过得幸福欢乐祥和。

么么哒！

猫为什么会到处乱撒尿？

猫乱尿尿的原因很多，除发情外，还有可能是身体不舒服，通过随地尿尿唤起主人的注意；另外，猫猫到了一个陌生的环境，或者受到惊吓，也会乱尿。如果猫猫出现乱尿的情况，主人应仔细分析其乱尿的原因，及时发现问题，有病治病，没病安抚。

还来？

不是，脖子扭了，动不了。

10 天台上的猫中医

　　我家的猫，我一直坚持着散养的原则。这个散养，当然并不是让它们走出家门，而是说家里的每个角落，它们都可以随便打滚随便玩。虽然狗豆不是十分赞成我这个原则，但他自知无法左右我的思想，更加无法阻止猫们的步伐。但是，在多次见到老虎和大喵随便出入我们的卧室后，他终于行动了——买回了一台吸尘机。

　　你看，狗豆就是这样一个从善如流的人。在我们的共同努力下，我们家窗明几净，人健猫康。我一直将猫们的身体健康归功于良好的伙食和卫生条件，直到有一天，我发现老虎在天台上吃一种野草。

　　我家楼顶有一个四十多平方米大的天台，除了种下两棵果树外，还开辟了一个小菜园。不过我天性懒散，久而久之，那块小菜园就荒芜了下来。

再后来，也不知道是小鸟衔来了野草的种子，还是那些泥土中本来就潜伏着野草，小菜园竟然长出了一大片野草。渐渐地，那片野草地竟然成了猫们嬉戏打滚的场所。

某天，我在天台晒衣服，看见老虎伏在草丛中一动也不动，继而把脑袋往草丛中钻，鼻子还一动一动的，像是在嗅着什么味道，又像是在考虑着什么高深的难题。

"咦，老虎，你怎么了？"我抱起老虎，这才发现它的嘴巴衔着一根草。

"哎呀，傻老虎，这是草呀，不许乱吃！"我把草从老虎的嘴边扯出来，老虎从我手中挣扎开，跳进草丛中又衔起一根草，嘴巴还不断地咀嚼着，津津有味的样子。

老虎为什么吃草？我拔起一根草细细打量，那草枝条细长，叶子是小小的椭圆形，上面还缀着白色的小花。这种草我小时候在农村见过，我们叫它鹅肠菜，是用来喂猪的。我们并没有饿着老虎呀，它为什么会主动吃草？

难道这种野草有神奇之处？为了解开谜底，我特意下载了一个识别植物的软件。软件告诉我，这种不起眼的野草学名叫牛繁缕，是一种中药，有清热消毒、凉血止痛的功效。

天哪，老虎怎么知道这种野草有这样的奇效？更奇怪的是，我发现每当猫们在野草丛中追逐的时候，它们经常会用嘴巴或脑袋往野草丛中蹭，似乎这样做有着特别的意义。

跟老虎不同，嘀嘀不喜欢咬牛繁缕，它喜欢在狗肝菜丛中打滚，偶尔还会吃一些叶子进去。狗肝菜是南方的一种野草，也是一种中草药，网上说其有凉血解毒、生津利尿的作用。

奇怪的是，每次吃完狗肝菜，嘀嘀就会在天台上大吐一场，吐的东西有时是一摊水，有时是一些类似毛发的东西，有时候只是一些还未来得及消化的猫粮。初时我们很担心，以为嘀嘀患了啥怪病，就去请教宠物医生。宠物医生说，这也许是动物自我催吐的方式，如果它的精神和身体没有什么变化，那就应该对身体无碍。

可是，嘀嘀为什么要自己催吐？后来跟猫友聊天，我才知道猫在舔毛时会吞下一些毛发，这些毛发在肠胃里排不出去，会影响它们的健康，于是"化毛膏""去毛膏"就应运而生。而我们一直坚持"绿色养猫"的原则，觉得猫也像人类一样，有干净的饮食以及充足的阳光、适当的运动量，就能保证它们的健康成长，所以除了必需的猫粮和肉类罐头，我们没有购买别的营养膏给它们吃。

既然我们没有为它们提供化毛膏，那么嘀嘀自力更生，自己吃下狗肝菜催吐也是理所当然了。

令人奇怪的是，后来我还发现，每只猫对植物的喜恶都不一样。比如老虎喜欢咬牛繁缕，嘀嘀喜欢咬狗肝菜，而西瓜皮，它的爱好比较特别，它喜欢吃韭菜。

我家并没有种韭菜，这韭菜是我家右边的邻居种在天台上的。我家天台与邻居的天台仅有一墙之隔，而且这堵墙也不高，我们邻里之间经常隔着围墙聊天。

某天早上，我刚打开天台的门，西瓜皮便飞快地冲出门口，跃上围墙，跳进邻家的天台，直蹿进人家的小菜园。然后，令我震惊的一幕发生了：西瓜皮伏在人家的菜地上，像牛一样啃着人家的韭菜！

"西瓜皮，快回来！不许偷吃人家的菜！"我急了，大声吆喝。谁料西瓜皮抬起头来，只是淡淡地看了我一眼，就继续埋头吃菜了。不管我怎么喝止，它都恍若未闻，直到邻居家爷爷上天台晒衣服，西瓜皮才慌慌张张地蹿回家。

我把情况告诉了邻家爷爷，向他道歉。邻家爷爷是一个善良的老人，他不但不生气，还热情地让老伴拿出一些韭菜种子给我。也许是我技术欠佳，那些韭菜种子在我家的菜地里并没有发芽，因此，西瓜皮照样时不时地蹿去邻居家偷菜吃。

吃完菜回来，它有时候会心满意足地躺在地上睡觉，有时候会直接在天台上呕吐出一些毛球，总之它的健康是有保证了。只是我时常为家里出了个偷菜贼而汗颜不已，担心它会影响睦邻关系。

邻家爷爷安慰我说："没关系的，猫吃不了多少，让它吃吧。"真是一位宽容的老人，对小动物这么包容，祝愿他老人家健康长寿！

菊花盛开的季节，老虎会特别开心，它会经常守在菊花丛中，咬着花瓣，津津有味地大嚼。菊花的功效不必多说了，反正就是清肝明目之类的，只要对身体有好处，它要喜欢就让它吃吧。

有时候我也纳闷，为什么每只猫喜欢吃的植物都不一样？这当中到底有何玄机？也许，每只猫的脑袋里都有着一套属于自己的养生密码，就像每个老中医都有一本属于自己的独家秘方吧？

　　这两年，社会上流行种多肉，朋友也送了一些多肉给我，我用花盆种得挺好的。可是没多久，我就发现多肉的叶子和枝干都有被啃过的痕迹。我已经懒得破案了，知道是谁啃的又怎么样？反正也不会依法严惩，由它去吧。

　　也不知道是什么缘故，我们鲜见大喵在天台上吃草，印象中好像从未见过。由此带来的副作用是大喵的嘴角经常发炎，叫声嘶哑。这不是什么大病，对于一只猫来说，却是一件痛苦的事。我觉得这与大喵从来不吃草有关，也许它缺乏某种维生素，跟人类是一样的，于是试着给它喂食维生素 B_2。

　　说来也怪，吃了两三天维生素 B_2，大喵的嘴角或咽喉的炎症就消失了。从此，维生素 B_2在我家就成了人猫两用的常备药物。

　　曾听很多养猫的朋友说，让猫吃药是一件非常伤脑筋的事，对于大喵来说，完全不存在这个问题。任何时候，只要你把大喵抱在怀里，扒开它的嘴巴，随便把什么药放进它的嘴里，它都能乖乖地吞进去。

　　你看，这个世界就是这样奇怪，它不愿意吃草，却能乖乖地张嘴吃药。

　　所以说，这个世界上的很多事情真的不必勉强，每个人都有属于自己的路要走，就算失之东隅，也能收之桑榆，不管是人还是猫。

11 等鸟来

　　我家的猫大部分情况下都会相安无事，少数时候会搞窝里斗，并不算十分团结。但是，有件事它们会特别同心协力，那就是在天台等鸟来。

　　我们在天台上种了两棵果树，一棵是黄皮树，一棵是阳桃树。这两种水果都是浆果，成熟的时候颜色都是黄澄澄的，特别诱人。每逢水果成熟的时节，小鸟就呼朋唤友地来偷吃了。

　　在我家养猫之前，我们都是任由小鸟来吃水果的，反正果子挺多，我们不介意它们来吃几个。其实也是拿它们没办法，又不能天天守在天台上，只能随它们去了。

　　渐渐地，那些鸟儿越来越大胆，有时候我们还在天台上，它们就迫不及待地落在树上啄食水果了。而且，它们啄食的方法极其巧妙，挑选成熟的、个头

嗯，啥？听不清，味儿太大！

儿大的果实，用嘴巴啄开一个小小的口子，然后把长长的鸟喙伸进口子里，把果肉全部吃光，神不知鬼不觉。从别的角度看，那个果实显得又大又熟，但当你摘下来想吃时，就会发现里面已经空了，只剩下一层皮。

2012年的春天，大喵成为我们家的新成员。那年的秋天，它率先挑起了猫与小鸟的战争。

那年秋天，阳桃树结果结得特别多，中秋节一过，满树的阳桃就映出淡淡的明黄色，在秋日阳光的映照下略显透明，看着就很好吃的样子。

小鸟不知道从哪里得来的信息，很快便如期而至。它们叽叽喳喳地叫唤着，毫无顾忌地在树上挑选熟透的阳桃大吃大喝起来。大喵在家里听到外面的鸟叫声，先是好奇地侧耳倾听，继而用力狠狠地拍门，表达了迫切地想出去的意愿。

当时家里仅有大喵一只猫，我们以为它孤独久了，想找新朋友玩，便打开天台的门把它放了出去。大喵走上天台，先是抬头认真地打量了一眼阳桃树，然后，令人惊讶的一幕发生了：大喵嗖的一声爬上了树，四脚并用地朝阳桃树上的小鸟扑去！

一切发生在须臾之间，树上的小鸟顿时被吓得魂飞魄散，不约而同地扑棱着翅膀飞走了。

大喵看见小鸟都飞走了，生气地从树上跳下来，抬头看着小鸟飞走的方向，兀自不甘心地呜呜大叫。

敢情，大喵是在保护我们的果实？为我们维权？

从此，议论大喵保卫阳桃成为我们家的新话题。如果有闲工夫，坐在天台上看大喵等小鸟也是一件赏心乐事。

通常，大喵会伏在花丛中，一动也不动，利用那些花草作掩体，伪装一个"这里没有猫"的假象。小鸟在空中观察一番，看见天台上一片安静，便会悄悄地降落在树上，对着满树阳桃大快朵颐。大喵趁机悄无声息地爬上阳桃树，树上的小鸟受惊，惊慌失措地拍翅而逃……

这样的戏码，每天都要上演无数次。

在此之前，我从不知道猫的爬树技术竟然如此高超，平时也没见它练过，它却能无师自通地在树上爬得飞快，上下自如，游刃有余，如履平地。

但是，大喵的爬树技术再怎么好，它与小鸟之间还是存在着差距。一个是空军，一个是步兵，很显然双方装备悬殊，步兵控制不了空军，大喵要捕捉小鸟，难！

所以，在步兵与空军的战争中，一直分不出明确的胜负。开始的时候，小鸟们对大喵是非常忌惮的，它们以为这只长着一条大尾巴的怪物也像自己一样会飞；后来再三观察，才发现这怪物不但不能飞，而且行动还相当不自由，身体必须落到实地才能施展拳脚，不像它们可以在空中来去自由。

了解了事情的真相后，小鸟们渐渐不再害怕大喵了，不但不怕，反而起了嘲弄之心。就像我们中学时代学过的《黔之驴》那样，老虎初次见到驴时，大骇，以为是神，后来再三试探，发现驴不过如此，于是便百般嘲弄。

恃强凌弱、欺善怕恶，本就是动物的劣根性，人类又何尝不是如此？

只是，人类喜欢用语言嘲弄弱者，而动物却往往喜欢用行动。小鸟们一见大喵来，便故意在树上叽叽叽喳喳地大呼小叫。就算看见大喵在树下吹胡子瞪眼，跃跃欲试要爬树，小鸟们也不慌张，有时候甚至故意大力啄食果实，让果实摔在地上。你生气归你生气，我自安心吃我的阳桃，等你爬上树来，我再走也还来得及。

这简直是对大喵赤裸裸的挑衅，大喵每天都被小鸟气得够呛，却毫无办法。作为一只还未满周岁的小猫，大喵承受了这个年龄不该有的耻辱与压力。

每每看见大喵又气愤又委屈的眼神，我便气不打一处来：你们这些傻鸟，偷吃我的阳桃也就罢了，竟然还敢欺负我的猫？我伸手拿过一根长竹竿，对着树上好一阵乱打，吓得小鸟们惨叫着纷纷逃走，以为大喵制造出了古怪的武器。

等树上的阳桃全部被吃完，小鸟们就不再来了。可是大喵丝毫没有高兴的意思，它会长期地站在阳桃树下往空中看，好像有所期待。

或许，它的初衷并不是保护阳桃，而只是需要找一个或一群对手练练功夫。当小鸟们不再来，它也就失去了对手，陷入了"无敌最是寂寞"的失落中。

时间飞逝，第二年，老虎出生，第三年，西瓜皮出生，第四年，嘀嘀出生……随着我家猫的数量的增加，大喵一方也从孤军作战的步兵成长为一支人强马壮的陆战部队，从此，猫与小鸟的战争更加白热化。

说来也怪，虽然大喵与西瓜皮长期离心离德，老虎向来不问世事，嘀嘀跟谁都不会特别坏也不会特别好，但是，每当阳桃成熟的季节，它们会表现出前所未有的团结与互助。

俗话说，早起的鸟儿有虫吃，这是比较符合小鸟的生活习性的。它们每天很早就会飞来偷吃阳桃，家里的猫隔着门一听到它们在外面叽叽喳喳的声音，便会急不可待地拍门。等我们一打开天台的门，它们便一涌而出，纷纷占据有利位置：大喵与嘀嘀跳上阳桃树旁的围墙，西瓜皮在树下等候，老虎直冲上树……没有谁刻意安排，它们配合得非常有默契。

待树上的小鸟发现来者不善，打算飞走，却发现树旁的围墙已有两只猫严阵以待，再看树下，同样有双圆溜溜的眼睛恶狠狠地盯着……惊慌失措之下，众鸟无不连声惨叫，吓得几乎不会飞了。这个时候，众猫便会表现出同心同德的劲头，喵喵之声是进攻的暗号，摇动的尾巴是前进的旌旗，一番腾挪跳跃、围追堵截之后，鸟儿们吓得花容失色，大败而逃。

几番惊吓之后，小鸟也不敢轻视陆战部队了，一见猫蹿出来就会迅速地逃走无踪，让猫们好生失望。不过失望归失望，它们还是不愿意轻易放弃这么好玩的对手，所以秋冬时节，它们很喜欢伏在天台的树下等鸟来，有时候等着等着困了，就直接在草丛中睡着了。

猫冲你叫怎么办？

首先，你要检查食盆中还有没有猫粮和水，其次检查猫厕所是否脏了。如果这两个地方都没有问题，那你就要观察猫的精神是否饱满。如果都没问题，那就不必担心了，猫有可能只是想跟你撒个娇而已。你可以看着猫的眼睛，跟它喵喵几声，或者跟它玩一会儿，它就很高兴了。

有一年春天，左边邻家的天台突然传来"咕咕"的声音，原来邻居刚养了几只鸽子。据说这不是一般的肉鸽，而是品质优良的信鸽，会传递信件，还会自己飞去某个目的地又飞回来。

邻居非常喜欢这些鸽子，他们在天台上搭了一个很大的鸽子笼，鸽子们可以自由地飞进飞出，也可以走出来在天台上踱来踱去。我看着兴奋的猫们，暗暗叫苦：以我对它们的了解，它们必定会对鸽子产生兴趣。如果我的猫咬伤了邻居的鸽子，那该怎么办？鸽子那么名贵，就算我们赔得起，恐怕也会伤了邻里感情啊！

越是担心什么越来什么，邻家的"咕咕"声很快就引来了我家的猫。看着它们隔着围墙对邻家的鸽子挤眉弄眼、摇头晃尾的样子，我忧心忡忡，连忙把它们赶回家，关上门，并一再叮嘱狗豆和狗宝，千万不要把猫放出去，免得咬伤人家的鸽子。

谁知，我们越是不让猫出去，它们越是要想办法出去。某天，我们从外面回来，发现卧室的大门敞开着，窗户敞开着，猫却不知所踪。冲上天台一看，好家伙，老虎、大喵、西瓜皮、嘀嘀全部站在邻家的天台上，眼巴巴地看着笼子里的鸽子。

说来也怪，它们曾经无数次扑打树上的小鸟，对邻家的鸽子却挺友好，似乎并没有袭击的意图。不过，我还是担心猫会伤害鸽子，就问邻居："你家的鸽子反应快吗？如果猫抓它们，它们能立即飞走吗？"

邻居安慰我说："放心好了，鸽子会飞，猫抓不住它们的。"

此后，我又暗中观察过几次。老虎和大喵虽然对鸽子很好奇，却不攀爬鸽子笼，只是静静地蹲在围墙上看鸽子。如果鸽子飞出来，它们就会很兴奋地围上前去，但鸽子要飞走或回窝，猫们也不会阻止。渐渐地，我们也就放松了警惕。

从那以后，只要一上天台，猫们的首要任务就是眼巴巴地看着邻家的鸽子，或蹲在树上等鸽子出来。我甚至怀疑，在猫们的眼中，鸽子跟偷吃阳桃的小鸟并不是同一种生物。也许在猫们的眼中，鸽子是它们的朋友呢。尤其是老虎，一有空，它就静静地蹲在围墙上，凝视着邻居的鸽子，表情平和，眼神温柔，让它回家都不肯……我越来越怀疑，老虎对鸽子怀有别样的情意。

2016年的一天，邻居对我说，不想再养鸽子了，让我们抽空去他们家的鸽笼抓只鸽子回来炖汤。我闻言大惊，再三询问原因，确信与我家的猫无关，这才放下心来。

我们用邻居给的鸽子炖了一大煲药材汤，鸽子肥大，汤又鲜又香浓，我们喝光了汤，把鸽肉分给猫们吃了，也不枉它们守候了鸽子那么久。只是，它们若是知道嘴里的肉就是它们曾经恋慕多时的鸽子，心里会作何感想呢？

从那以后，邻居家再也没有鸽子了。可是，我们家的猫已习惯了在天台等鸟来的生活，而此时阳桃花刚开，贪嘴的小鸟迟迟未来，猫们的生活变得百无聊赖，连打架都失去了兴趣。

但是，很快，它们就找到了新乐趣，因为蜜蜂来了。

阳桃花和黄皮花的香味吸引了数不清的蜜蜂前来采蜜。虽然蜜蜂的体形比小鸟小好多，但它们会飞，还会嗡嗡叫，对于猫来说，能飞又能叫的东西简直就是为它们量身定做的玩具。于是，猫们就追着蜜蜂扑腾起来。

可惜猫们有点儿自作多情了，作为昆虫界的一级劳模，蜜蜂毕生的愿望就是采蜜，它们根本不屑于把时间花在无聊的跨种族社交上。因此，每当猫们追着它们的时候，它们会迅速飞到更高的枝头采蜜，根本不理会那些自作多情的猫们。

其他的猫也就罢了，嘀嘀是一只自尊心强大的猫，再加上它打遍全家无敌手的江湖地位，几时受过这样的冷落？一怒之下，它便跳起来，伸长爪子狠拍蜜蜂，而蜜蜂也不是省油的灯，临死前常会拼死一搏，狠狠地蜇一下嘀嘀。

于是，每年春暖花开的时节，嘀嘀常常被蜜蜂蜇得嗷嗷大叫，直朝家里跑。

你看，这个世界就是这样，不管你多么凶，总会有人比你更凶。

嗯，这是坨什么？
长毛的屎？💩

不了！不了！
你自己玩！好扎手！

来人啊！

猫发情怎么办？

若是公猫，请尽快送去绝育；若是母猫，待其发情完毕再施行手术。

铲屎官怎么还不来？

哦？

没事了，没事了！

你来了？

你抛弃我了？

呜呜呜……

好伤心……

猫发情会有什么表现？

不管公猫还是母猫，发情都有可能会乱尿尿。此外，它们还喜欢四处跑，寻找异性，因此，身居高楼层者必须关门闭户，以免猫猫发情时走失。母猫发情时还喜欢扭动着身子在地上打滚，叫声温柔，表情妩媚。

你别走嘛！

大爷来玩儿嘛！

猫呕吐怎么办？

猫是一种特别勤快的动物，除了睡觉，其他时候几乎都在舔毛。它们通过这种方式洗爪、洗脸、清理毛发，在这个过程中，会不知不觉地吞下许多毛发。

记得刚养猫不久时，我们差点儿让大喵吓坏了。某天，它突然伏在地上，剧烈地呕吐，吐出了一大摊黄水，还有一团黑乎乎的东西。

我们以为大喵患了啥病，都担忧不已，但观察它的精神，龙精虎猛，而且吃喝拉撒毫不含糊，这才放下心来。后来我们才知道大喵是在吐毛球。也就是说，猫会把吞进肚中的毛发自行吐出来。不过现在，很多猫主人喜欢购买化毛膏给猫吃。我不是很喜欢这种方式，我更倾向于采取一种更简单更经济的方法——种猫草。

猫草的种子在网上有卖，其实就是麦子。在超市购买的原粒麦子也可以。把麦子浸泡一夜后，撒在泥土上，薄薄地盖上一层土，然后早晚浇水，麦子很快就会发芽，长至手指长就可以给猫吃了。麦苗富含纤维，可以刺激猫的肠胃蠕动，帮助猫吐出在胃中结成团的毛球，还能改善口腔环境，预防和控制口腔疾病，补充维生素和微量元素，对猫是大有好处的。

不过后来，我发现我家天台上生长的很多植物似乎都有这种功效，猫也会自行去采食，我们就没有再种麦苗了。

12 养猫有什么用

　　每年春节，我们都要回老家过年。虽然路程不算远，才一百多千米，但回家最少住七八天，因此，回家过年对我们来说相当于一次集体大迁徙，任务繁重而艰巨。

　　准备好猫粮和猫沙，用猫袋或笼子把所有的猫装好，三个人来来回回地跑，终于把猫和猫用品全部搬到了车上。上了车，就得把猫全部放出来，让它们看见我们，知道自己安全得很，不然它们会害怕得一直叫。

　　对于坐车回家过春节，大喵已经很有经验了。它喜欢坐在窗边看窗外匆匆而过的风景，像情怀如诗的少女，双眼清澈，表情专注，从不会给我们惹麻烦。

　　老虎的习惯是一上车就睡觉，在座椅上睡，或者钻进座底下睡，总之找个地方躺下来随便睡，有时候还会打呼噜，一副随遇而安的样子。

嘀嘀坐车就像小孩，它喜欢让我抱着，偶尔喵喵两声，估计是想跟我聊聊路上的风景，但见我实在无法沟通、不堪造就，只好放弃与我的交流，独自想着心事，或是趴在窗边默默看着外面的车流，一副忧国忧民的样子。

对于西瓜皮来说，坐车是一件非常可怕的事情。每次把它从猫袋里放出来，它都会如临大敌地爹开尾巴上的毛，双眼警惕地打量四周，全身保持着一级戒备状态。待它看清楚车内都是熟悉的人和猫时，眼神会略微放松，但是，身为一只多疑的猫，它依然会保持着强烈的自我保护意识，就那样惴惴不安地站着或卧着，一副惶惶不可终日的模样。

回到老家，又是一番折腾，把全部猫哄进猫包里或笼子里装好，再一一地搬进屋。第一年，我们把大喵带回家过年，公公说："城里又没有老鼠，养猫有什么用？"

我淡淡一笑，说："我看着猫会开心啊。"

后来，随着老虎、西瓜皮和嘀嘀的出现，我家的猫越来越多，每次回家被公公看见，他都唠叨："养这么多猫，有什么用？"

我微笑："我喜欢啊。"

去年春节回家，公公终于忍不住了，很严肃地跟我说："你们养这么多猫没用的，还花钱，要不卖掉或送给别人家好了。"

公公是一个农民，一辈子在地里刨食。据狗豆说，他们家养过狗和猫，养狗的目的是看家护院，养猫的目的是抓老鼠。一旦狗猫年老体弱，被卖掉或被吃掉就是它们的最后归宿。

在公公的眼中，判断一样东西有没有存在的价值，标准就是"有没有用，能不能吃"。所以，在他看来，我们养的四只猫本来就没有意义，而且还要额外花钱养，简直就是赔本的生意，不值得。

这也是中国农民在长期的贫困、窘迫生活中形成的观念，我们的父辈常常更多地关注物质上的收获，轻视情感上的互动。而且这种观念根深蒂固，旁人是无法改变的。他们根本无法想象，还有人会把狗猫当成自己的孩子和亲人一样疼爱和呵护。

猫生气会怎么样？

猫很生气的时候，往往会伸出爪子狠狠地拍打对方，不管对方是人还是猫。在打之前，它们会先做些铺垫，比如尾巴炸毛、哈气、嚎叫等。一旦猫有这些举动，意思就是：你触及本猫的底线了，请马上停止，否则，一爪子拍死你！

我知道老人家的观念很难改变，但是我的立场必须明确。我正色道："四只猫都是我的宝贝，我绝对不卖，也不会送人。我很疼爱它们，会养一辈子。"

我表情严肃，语气肯定，一旁的婆婆忙打圆场，公公从此知道了猫们在我心中的分量。今年春节，我们带猫回家，公公看见猫也不再说什么了。他虽然不能理解我们为什么这样疼爱猫，但能尊重我的决定和做法，这就够了。

回到养猫"有没有用"这个话题，我由衷地说，是有用的。养猫六年来，

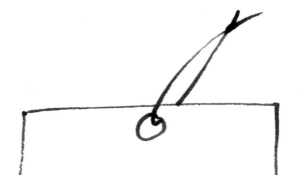

**猫为什么醒着的时候
也会打呼噜？**

猫睡觉的时候会打呼噜，不睡觉的时
候也会打呼噜。当它们打呼噜的时候，
代表着它们的精神是放松、愉悦的，
对周围的环境是信任的，总而言之，
猫的心情很好。

我跟狗豆吵架的次数越来越少，近两年更是基本上不吵架了。是猫给我们劝架
了吗？当然不是。而是，自从养猫后，我没有那个闲工夫跟他吵架了。

以前，狗豆若惹毛了我，我当场就炸了。就算当场不炸，闷坐着越想越生
气，过个半天也会炸。就算半天不炸，到了第二天还是会炸，而且酝酿的时间
越久，这股怒火生发出来的能量就越大，产生的爆破力也越强。我们谈恋爱六
年、异地四年的情书和小礼物，都是这样被我炸掉的。

现在，我根本没有炸的机会。有时候，狗豆说话令我不高兴，我抬高声调

安全運転実施中
お先にどうぞニャ

LOVE
SAKANA

想和你一起游车河

正骂他，嘀嘀走过来了，歪着脑袋看我，我只能立马降低几个分贝。毕竟嘀嘀那么可爱，我不能因为要惩治一个蠢人而吓坏我的小宝宝啊。

待安抚好嘀嘀，再回头一想，咦，我刚才想骂他什么来着？好不容易回想起来了，正想接着骂，大喵又来了。大喵是个话痨，只要有人说话，它就会搭话。那我不能骂啊，不然大喵会以为在骂它，会有心理阴影的。

等大喵走开，老虎又来了。我刚才抱了大喵，可不能厚此薄彼，不抱老虎啊，于是抱抱老虎，气已经消了一半。

等老虎去玩了，那一半气又腾地升了起来。好，接着开骂吧，可是西瓜皮又来了。虽然西瓜皮不让人抱也不让人亲，可是它的性格本来就已经很孤僻了，如果我再对着狗豆咆哮，会不会给它带来不好的示范？

老是开小差的架，注定是吵不起来的。再跟猫玩一会儿，我基本上就忘记刚才为什么吵架了。就算过后突然想起来，也懒得吵了，毕竟时间那么宝贵，用来玩猫不好吗，吵什么架呢？

猫们就这样一次又一次地瓦解了我要吵架的念头。所以说，我们家能长期保持和谐、友好的幸福景象，猫们功不可没。从这个角度来说，猫的作用已经远远超越了可以卖钱、可以捉老鼠的肤浅程度。你想想，若有一样东西，能让你身心愉悦、家庭和睦，不知道有多少人愿意斥巨资购买呢！

那简直是心理医生一样的存在啊！

是的，从某个角度来说，每只猫都是治愈我们心灵病痛的良医。

猫为什么会乱尿尿？

一般情况下，猫会自己上猫厕所方便，但有时候它们也会胡乱尿尿。猫尿特别骚臭，确实令人恼火，但只要知道它们乱尿的原因，就可避免此类情况发生。

猫为什么会乱尿？无非三种原因：一是发情，二是发病，三是发脾气。

发情的猫会到处乱尿，不论公母。母猫是为了散布情欲的信息，让公猫主动找上门来；公猫则是号地盘，宣示主权，表示这块地上的母猫都属于它，其他的公猫有多远滚多远……所以，发情中的公猫们一言不合就会打架，原因无他，争母猫呗，与男人是一样的。其实天下的雄性动物都差不多。

已经做过绝育手术的公猫如果还乱尿尿，那极有可能是患病了。猫是一种特别聪明的小动物，当它身体不舒服的时候，它没办法说出来，就会以特别的方式提醒主人，比如到处尿尿，或者脾气突然变得特别暴躁，那主人就要引起注意了。

除了发情和发病这两个原因外，猫生气也会乱尿尿。比如猫去了一个新环境，或者家中来了不受欢迎的客人，令猫不高兴了，它就有可能会乱尿尿泄愤。不过，这种情况比较少，就算有也不会持续太久。

113 每只猫都有一技傍身

经常有人问我："你为什么要养四只猫呢？猫都长得差不多，养一只不就行了？"

当然不行啊，每只猫都不一样，谁也代表不了谁。它们跟我们在一起，才能构成我们家的美好生活。

比如大喵，它性格温顺，对我们无限信任。任何时候，只要你愿意抱它，它都会乖乖地伏在你的怀里。如果你叫它，它会一声一声地回应你。虽然它说出来的每个音节我们都听不懂是什么意思，但对我们来说有着非比寻常的意义——起码说明了它在积极地与我们沟通。

比如老虎，它是那种不多事、不惹事的猫。最重要的是，它唯我马首是瞻，只要我在家，它就要跟着我。哪怕知道我在洗澡，它也要时不时地拍一下卫生间的门，探头看到我在里面没有被水淹死，才能安心。这么细致地关心我，狗豆也只是在多年前的热恋期才做过。

真的，经过我长达数载的观察，我发现狗豆对我的关心还真不如老虎。你说说，现代人的婚姻脆弱到了什么程度……叹气。不过，细细一想，我对狗豆似乎也没有对老虎那么有耐心和爱心，算了，扯平，懒得跟他计较了。

我和狗豆有两大共同话题，一是谈论狗宝，二是谈论嘀嘀，不然，我们基本上就无话可说了。近两年，狗宝越来越有主见，经常与我们就家庭教育问题展开各种大辩论。我与狗豆众不敌寡，每每败北，所以谈论狗宝的时间也渐渐少了，剩下的时间全给了嘀嘀。

一提起嘀嘀，我的嘴角便会不由自主地绽开笑意。它跟在身后要抱抱，它拍我们的肩膀要吃肉，它昨天打了西瓜皮，今天又教训了大喵……总之嘀嘀做的一切事情都是可爱有趣的。谈论嘀嘀，是我和狗豆每天的共同话题。

嘀嘀的人际关系自然是我家的猫中最好的，不过，要说我家智商最高的猫，却是西瓜皮。

在西瓜皮一周岁之前，我们都认为它性格古怪，抗拒与我们的所有亲密接触，而且动不动就露出利爪抓人。全家一致把它归类为"蠢货"，直到那年春节发生了一件事。

那年春节，我们从老家回来，除了猫和行李外，还从老家带了大袋小袋的水果、蔬菜、特产之类的，装了满满一车。一回到小区里，狗豆看着大袋小袋的东西就发愁："唉，这么多东西，还有四只猫，怎么弄回家好呢？"

狗宝兴致勃勃地说："猫好重呀，我们能不能让猫自己走路回家？"

狗豆当即否决了这个建议："不行，如果猫走丢了怎么办？"

我家在六楼，没有电梯，加起来将近两百级阶梯，对于从不独自走出家门的猫来说，这是一个很大的挑战。而且，猫对于陌生的环境会产生本能的抗拒，会主动找地方躲起来，所以才有"躲猫猫"一说。另外，途中我们要经过十户人家的门口，假如其中一户人家开了门，猫就有可能趁机蹿进去，要找回来恐怕不容易。

但搬这么多东西上楼，好累啊！尽管困难重重，我还是决定采纳女儿的意见。我把所有的猫放出来，让女儿走在前面带路，而我拿着行李殿后。我们不用搬猫，就可以省掉来回两趟的工夫了。

谁知道，我把猫袋、猫笼搬进楼道刚打开，女儿便惊叫："西瓜皮不见了！"我仔细一数，果然只剩下三只猫了。平时老实的大喵慌慌张张地正准备跑；老虎畏缩地伏在地上，显然被吓得不轻；嘀嘀正不安地东张西望，想躲起来。

我忙安慰女儿："先别找西瓜皮了，我们先把其他三只猫带回家。"一楼的楼梯底有个放杂物的地方，西瓜皮极有可能惊恐之下躲进去了，我打算把所有的事情处理好，再去楼梯底下找西瓜皮。于是，狗宝在前面带路，我在后面驱赶，一步一步地把猫往家里领。到了三楼，大喵突然不肯往上走了，"喵喵"地叫着，固执地要往楼下奔，估计认为我们家在楼下。见大喵往后走，老虎也有想法了，它干脆倒在别人家的门口，自顾自地舔起爪子来。嘀嘀不知该信谁的，犹豫不决……整支队伍溃不成军。

我手上提着行李，无法抱猫上楼，只好耐心地劝大喵往上走。费了九牛二虎之力，我们才爬上六楼。奇迹出现了——西瓜皮竟然站在我家门口，静静地看着我们。

天哪，难道西瓜皮认得我们家？后来我们全家讨论过，都觉得可能性不大，认为西瓜皮往楼上跑只是出于动物自我保护的本能，它跑到我们家停下来，也是碰巧。

第二年春节，我们从老家过完年回来，依旧采取了去年的"赶猫上楼"方案。这次我们有备而来，有意识地观察了众猫的反应。西瓜皮的表现令我们大吃一惊：它一从猫袋里钻出来，便马上朝楼上跑。

当我们喘着粗气赶着另外三只猫跑到六楼的时候，西瓜皮正站在我家门口迎接我们。

"天哪，西瓜皮真的认识我们家啊。"狗宝感叹道。

今年春节，西瓜皮以同样的行动再次证明了它认得我们的家，被我们推选为我家智商最高的猫。对于一只狗来说，认得自己的家在哪里，甚至能从外面

家居养猫
有什么需要注意的问题？

自从养了猫，我们家不敢再养百合花了。百合花会令猫中毒，导致猫肾衰竭。猫咬百合花叶或花瓣、舔百合花粉，或喝下插过百合花的水，都可能有性命之虞。

很远的地方跑回家，都不是什么稀奇事。但是，对于一只不轻易出门，且身居高楼的城市猫来说，这已经是很了不起的一件事了。

　　看来西瓜皮也不是真的蠢呢。老天爷给了它一副不好的脾气，但也给了它一个聪明的脑袋。用现在的流行语来说，便是上帝为西瓜皮关上了一扇门，却又为它开了一扇窗。我们都为西瓜皮感到高兴。

14 猫厕所引起的混战

当记者的时候，我经常需要参加各种各样的饭局，遇上热情的东道主，每每曲终人散时，桌上还剩佳肴无数，剩下的比吃掉的还多。有时候我也在心里感叹太浪费了，却从未萌发过要打包带走的念头。

毕竟，我是一个要面子的人。在这个不愁吃穿的时代，被请吃饭无所谓，"又吃又拿"却不是一件体面的事，这是我的认识。这种认识不见得就是正确的，但我一贯都是这样执行的，久而久之，便奉为真理。

所以，在养猫之前，外出参加饭局，不管吃的是山珍还是海味，不管桌上剩下了多少佳肴美酒，我从不打包。哪怕剩下的是我非常喜欢吃的食物，也不会例外。

养猫之后，在很长的一段时间里，我依然没有在外面吃饭打包的习惯。家

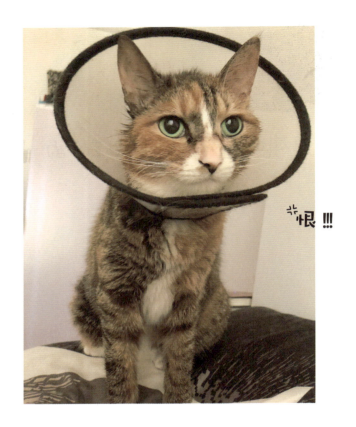

恨!!!

为什么猫老喜欢拍门?

当猫在外面拍你的房门时,它的目的很简单,就是想进去看看。如果你愿意,就开门让它进去;如果你不愿意,就坚决不开门。次数多了,它自然知道规矩,知道你不可能让它进去,就不会再拍你的门了。

可恶！吃不到！

我吃，你看。

妈，你别听
他的，耻辱圈
取不得。

妈，你看我戴这玩意
儿都饿瘦了！

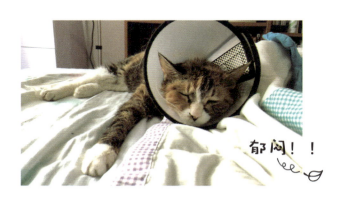

郁闷！！

里猫们的伙食主要是由狗豆上网购买的猫粮和猫罐头，偶尔狗豆会买一些鸡胸肉和鱼回来煮熟给它们吃。也就是说，在吃饭这个问题上，我与猫们一直保持着淡如水的君子关系，猫们的所有食物都由狗豆解决。

猫是一种很聪明的动物，相处一段时间下来，它们渐渐知道我是它们的精神领袖，狗豆是它们的米饭班主。因此，它们养成了无聊的时候找我玩、肚子饿的时候找狗豆的习惯。

每天吃晚饭的时候，狗豆便会成为全家最受猫欢迎的人。

大喵与嘀嘀会直接跳上椅子，眼神殷切地盯着他；西瓜皮虽然吃得不多，但对饭桌上的肉菜也颇有兴致，会一直眼巴巴地守在他的脚下；老虎虽然不馋嘴，但也会直接跳上饭桌，一直盯着狗豆看。总之，每天吃晚饭的时候，便是狗豆自信心极度膨胀的时刻。

一个长期得不到重视的人，突然受到众猫的瞩目，他会感到何等的受宠若惊啊！怀着感恩的心，狗豆将这种受宠若惊表现得淋漓尽致。他会迅速放下手中的碗，把肉放在开水中洗干净油盐，然后一丝一丝地撕开给猫们吃。

"大喵，你吃这块。嘀嘀，这块是你的。西瓜皮，你也要吃点儿。老虎，你竟然不吃？那你爬上桌做啥？你是不是想挨打……"

晚饭的餐桌上，总会响起狗豆宠溺又无奈的抱怨，其精彩程度远远超过电视台同时段播放的新闻联播。我与狗宝边吃饭边欣赏"饲养员和他的四只猫"的倾情表演，偶尔交流一个心照不宣的眼神——我们都读懂了狗豆"表面上很讨厌，实际上很享受"的精神内涵。

经过长期的观察和总结，我们得出一个结论：嘀嘀是我家最馋的猫，大喵仅次于嘀嘀，西瓜皮馋不馋完全看它当时的心情，而老虎不管我们吃什么，它都没兴趣。

老虎之所以在吃饭的时候爬上桌子，估计纯粹是为了表达与众猫团结一心的态度，一句话概括：它就是看看，不吃。如同我们参加过的一些饭局，有的人会不断地与人碰杯、敬酒，但他就是不喝。杯中的酒随着时间的推移不见减少，反而越来越满，估计是嘴里的唾液转移了地方。

但是，老虎又跟那些人略有不同，它是纯粹的"毫不利己，专门利人"的践行者。它虽然不吃餐桌上的肉，却积极地参与餐桌上的"攻土豪，分肉吃"的战争。它会一直站在餐桌上，居高临下地观察狗豆的动向，与椅子上的大喵和嘀嘀形成上下呼应的包抄之势。在这股势力下，狗豆再也无法安心吃饭，只能把饭碗一放，把肉一夹，专心致志地伺候猫大爷们。

想想看，如果老虎不参与其中，只有嘀嘀与大喵缠着狗豆，那就无法形成包抄之势。根据"三点决定一个平面"的原理，狗豆就根本感受不到这个平面的威力了。老虎的加入，让一切都有了不容置疑的气势。总之，除了在天台捉小鸟外，集体要肉吃也算是我家的猫一起做的最同心协力的一件事了。

一顿饭下来，每每我和狗宝都吃饱了，狗豆碗中还剩下大半碗饭。狗豆便会幽怨地对猫们感叹："嘀嘀啊，大喵啊，你们的妈只顾着自己吃肉，不理你们，还是我疼你们。"

我初时听着觉得好笑，久而久之便有了内疚之意。是啊，养猫久矣，我为它们做过些什么？吃喝拉撒全是狗豆解决的，我只是闲时抱抱它们，摸摸它们的头和肚子；忙时直接把房门一关，把它们拒之门外，如此而已。

拿什么证明我疼它们？似乎还真没有办法。

就像我们年轻的时候爱过的那些人、谈过的那些恋爱，有多爱？拿什么证明？若说你的陪伴就是爱，可是我也陪着你啊。拿一起走过的路、一起看过的风景来证明？你也可以跟别人一起走、一起看啊。所以有时候，真的无法证明爱不爱，我们只好直接一点儿，送礼物，或者干脆给钱——你喜欢什么就买什么吧，当是我送的。

嗯，我年轻的时候就是这样，以后估计还会是这样。

为了证明我疼它们，我决定给家里的猫送礼物。由于猫粮、猫罐头都是狗豆承包了的，所以我只能另辟蹊径。

首先，我上网买了一个粉红色的猫厕所。我家之前的猫厕所是狗豆买的，蓝黑色的，还有个灰不溜丢的盖子，看上去要多丑就有多丑，哪里配得起我家这些毛多貌美的资深美猫？

新猫厕到了，两层的，好漂亮，这下子能证明我疼爱猫们了吧！我迅速换上新猫厕，倒进猫沙。猫们也很赏脸，集体站在厕所前观摩了片刻后，作为猫界权威的大喵当仁不让地进去先撒了一泡尿。

尴尬的事情来了，就在众目睽睽之下，大喵的那泡尿并没有完全撒进猫沙中，起码有一半射出了猫厕外，迅速在地面流淌开来，一股尿臊味瞬间弥漫在周围。

不等我反应过来，老虎就蹿上前去，以一种毫不客气的姿势把大喵从猫厕中挤了出来："连撒尿都不会！等我来，看我的！"

大喵平时绝不容许别人置疑它的权威，但刚才在大家面前出丑了，也不好再固执己见，只好快快地退出舞台，哦，不，是厕所。

接着，在三人三猫的注视下，老虎很有气势地拉出了一堆屎，把我们都惊呆了。

真的，那真是一堆很有气势的屎。它没有拉在猫沙

猫为什么会呕吐？

猫呕吐的原因很多。当猫出现呕吐的情况时，首先要观察它吐出的东西是什么，如果是毛球，则不必惊慌；有时候，猫一下子吃得太多，也会因消化不良而呕吐，亦无须担心；如果猫发生不明原因的呕吐，而且精神出现萎靡不振的状态，那就要送去医院就诊。但如果猫的精神不受影响，呕吐后依然能吃能喝能玩，则无须理会。

中，而是拉在了猫厕的边沿上；它也没有随波逐流地倒下，而是做顶天立地状，似乎还保持着一点儿倔强的风骨。

也许是这堆有态度的屎彻底激怒了大喵，它以迅雷不及掩耳之势冲过来，狠狠地拍了老虎一掌。老虎一愣，瞬间暴怒，也极速还了大喵一掌。

哇，终于有机会打架了！嘀嘀一看便兴奋得嗷嗷大叫，终于能理直气壮地一展身手了！于是，它欢呼着，熟络地加入了战团中。一时间兵荒马乱，猫影幢幢，猫毛翻飞。

见前方战事吃紧，胆小的西瓜皮忙躲了起来。待我找了鸡毛掸子过来，成

功地遏制住这场大战时，事情已经坏到了不可收拾的地步——地上除了满地的猫毛外，还有一堆被打散的屎，有的沾在地上，有的沾在猫脚上，随着老虎、大喵和滴滴的走动，还更加均匀地涂抹在了地板上。

我想起当记者时写法院的民事案件常写的一句话：这场官司没有真正的赢家，不管是原告还是被告，都输了。

以前我总觉得自己的文笔强劲，平淡的叙述中带着一股忧国忧民的苍凉，现在却觉得这样的文字真是胡扯。官司怎么会没有赢家？打架怎么会没有赢家？猫们都是赢家啊，唯一的输家就是我。

我花钱给它们买了一个新厕所，却引起了一场世界大战，然后弄得满地是屎，最后还要我去收拾残局，这不是大输家又是什么？

更让我火大的是，这件事被狗豆笑了足足一个星期，他还说错在我。我买的猫厕虽然比旧的好看，却没有旧厕所大，猫们习惯了旧猫厕的宽敞，自然就把便便拉（撒）在外面了。

什么叫好心办坏事？这便是。没办法，再好的厕所，不实用也是白搭。我只好把新猫厕束之高阁，请旧猫厕出山。

当然，也不全是坏事，起码这件事让我明白了一个人生道理，并顺便活学活用地教导了狗宝：实践是检验真理的唯一标准。

你看，如果没有试过，怎么会知道猫不能用太小的猫厕所？所以嘛，实践出真知，最起码我以后不会再买错东西了。

从这个角度来看，我也不算彻头彻尾的输家，是不是？

猫尿不出怎么办？

如果猫频繁上厕所，有可能是尿频，也有可能是尿不出，不管是什么原因，都须求医。如果猫已经到了尿不出的程度，则必须马上送往医院导尿，否则，尿液长期滞留，很容易导致尿毒症、肾衰竭，最终危及猫命。

尿不出的状况较多发生在公猫身上。据兽医说，公猫的尿道特别狭窄，还有一段呈"T"字形，所以一旦公猫发情或体内有结石，便极容易导致尿道堵塞而尿不出的状况。如果尿道堵塞超过了二十四小时，猫就会有生命危险，必须及时导尿，通过药物消除炎症。

像我家的老包，就是因为发情而导致尿道堵塞。医生的建议是，导尿后要坚持吃药半个月，半个月后观察无虞，再给它做绝育手术。公猫做绝育手术最佳的时间是七个月至一周岁，时间过早会影响泌尿系统的发育，迟了会因频繁发情而生病。

公猫受惊也会发生尿不出的现象。所以，如果猫不愿意出门或见客，请主人不要勉强它们做不喜欢的事，不然会影响它们的健康。

另外，医生还叮嘱，如果公猫因为发情而产生了尿道堵塞的情况，在治疗期间，千万不要让它再见母猫，以免其情欲勃发，加深病情。

我 小 弟

给猫喂猫粮好，
还是自己做猫饭好？

　如果时间允许，还是尽量自己给猫做猫饭。前段时间，某网络红人养的三只猫中，有两只猫患了肾衰竭，其中一只在透析、手术后永远地离开了主人，另一只情况亦不容乐观。它们食用的都是网购的同一款猫粮。目前我国对猫粮的监管仍处于探索阶段，猫粮的安全问题不容乐观。如果时间上不允许天天做猫饭，可以试试一周给猫做一到两次饭，并购买不同的猫粮掺杂着喂食，尽可能地规避风险。

我的按摩师们

这个嘛…… 💩
没进化好的铲屎的。

15 最爱吃龙虾

自从猫厕所事件后，我就不敢轻易给猫们买礼物了。请注意这里有"轻易"二字，意思是说，虽然不会随便买，但凡事也会有例外。而且这个例外的标准，完全是由我说了算。

是的，没多久，我又给猫们买了一样东西——猫爬架。

那是一个粉红色的怪物，之所以说它是怪物，是因为它长得实在有点儿怪模怪样，一共有三层，包含猫窝、猫秋千、猫抓板等各种古古怪怪的东西。我在微博上看见有猫奴晒过这个猫爬架，便动起了小心思，拿着照片给狗豆看，启发他说："你看这个猫爬架，不错吧？有猫窝，还有秋千，猫们一定会很喜欢。"

狗豆看了一眼，告诉我："这种猫爬架不是实木的，质量不行，不能买。"

我暗暗不悦。不能买？不就是舍不得为我的猫花钱吗？我养几只猫还养不起了？我宠着它们还不行了？

　　狗豆知道我的性格，又语重心长地以猫厕所为反面教材劝说我，说就算把猫爬架买回来，也是当垃圾丢了。他不说猫厕所还好，一说就激起了我的斗志：你不让我买，我偏要买！

　　于是，我真的上网买了一个粉红色的猫爬架。猫爬架是分成两个纸箱装好的，我雄起起气昂昂地分两次把它们全部扛回了家，然后立即动手安装好，造成既成事实的局面，这样狗豆就不好意思再说我了。

　　果然，狗豆下班回家，看了一眼放在屋边的猫爬架，又看了一眼我，估计是不想破坏家里来之不易的和谐局面，而且吵起来也不一定是我的对手，干脆主动放弃了进攻，只是淡淡地又看了一眼猫爬架，略显尴尬地说："唉，不让你买，你偏买。"

　　这就是狗豆的情商，不管遇到多么恼火的事情，他都能轻描淡写地表达出来。不像我，一点儿小事就能让我炸起来。因为他的情商，我包容了他智商上与我悬殊的差距。

　　不过，我现在也很尴尬，因为猫们对这个猫爬架并不感兴趣。

　　我知道它们为什么不喜欢，因为我也不喜欢。猫爬架上套着的那层粉红色的绒布表面看着还行，实际上味道很刺鼻，闻起来像劣质油漆的味道。那么贵的价格，却买到了这样的货色，一收到货，我就后悔了。

　　但我长期以来竭力维护的面子工程告诉我，不能让狗豆看出我的后悔来，所以我要努力营造"猫们很喜欢这个猫爬架，我对这个猫爬架也很满意"的氛围。为了制造这种氛围，我采取了两个措施，一是把猫爬架搬到天台上晾晒，以便让味道尽快挥发，二是把大喵抱到猫爬架上玩。

要知道，大喵是我家元老级的猫，以它的江湖地位，还是有一定的号召力的。果然，看见大喵上了猫爬架，老虎和嘀嘀也犹豫着慢慢爬了上去，西瓜皮也难得地凑过来看热闹。

看着猫们接触了猫爬架，我以为自己已经取得了阶段性胜利，不由得暗暗高兴，却忘记了我们的无产阶级革命家早说过的一句话："哪里有压迫，哪里就有反抗。"

我惊讶地发现，猫爬架那刺鼻的油漆味没有了，也许还有，只是我闻不到了。油漆味被另一种更刺鼻的味道取代了——一股尿臊味。

是谁在猫爬架上撒尿？我怒不可遏，把几只猫一一抓过来蹲在猫爬架前开会，先是愤怒地骂了一通，再让它们分别闻上面的尿臊味，然后语重心长地劝诫它们不可再犯。猫们愣愣地听了一会儿，最后不分先后地走了，完全不给我一点儿面子。

当天晚上，趁我睡着了，也不知道是哪只猫，也许所有猫都参与了，总之第二天一早，我在猫爬架上闻到了更浓郁的尿臊味。

想不到我斥巨资买回来的猫爬架竟然成了猫的小便处，真是大写的尴尬。当然，这么尴尬的事我是不能让家里人知道的。作为一名资深的新闻工作者，我知道负面的信息怎样处理才妥当。所以每天早上一起床，我就跑去猫爬架边视察一番，能洗的就洗，能抹的就抹，尽量把负面影响减至最低。

不过，我的耐心也是有限的。又过了一段时间，我就把猫爬架拆了，果然应验了狗豆的那句话："买回来也是当垃圾扔了。"

我安慰自己，没关系，就当交学费了。当然，学费不是白花的，弯路也不是白走的，起码从那以后，我就开始自我检讨了：为什么我常常听不进别人的意见？我越想越担忧，觉得自己的缺点可能还挺大的，如果再不改正，就有可能影响自己未来二三十年的发展。限制了自己的发展不要紧，但是发展决定经济，经济基础决定上层建筑，上层建筑决定狗宝和猫们的生活质量……

为了遇见更美好的自己，我在内心开展批评和自我批评的同时，还特意认真地打电话问我的亲密兄弟："我是不是一个特别难相处的人？"

我这个兄弟其实是女的，我刚工作的时候，我们在同一家报社混。后来因缘际会，我去了一家全国著名的报业集团，她去了电视台。你看

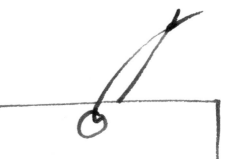

把猫毛剃光好吗？

有的猫主人因为担心猫毛太厚会热，或者因为猫整天掉毛，所以干脆把猫毛全部剃光，这种做法是不对的。除非患病治疗的缘故，否则不建议给猫剃毛。猫毛分泌的油脂可以保护皮肤，若剃光猫毛，极有可能令猫患上皮肤病。

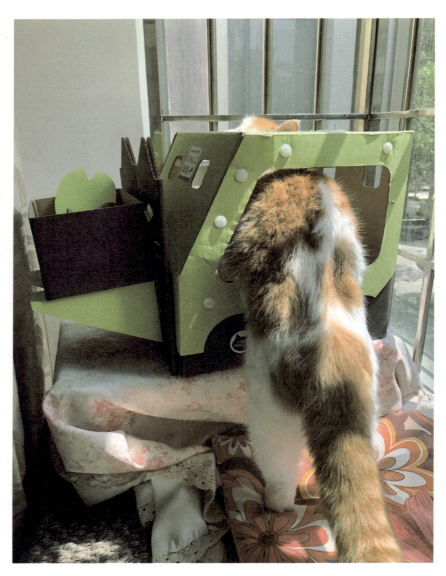

🐾减肥还是换大车？

这是一个问题，

待我吃饱再来考虑。

我，到了这个时候还忘不了自我显摆一下，由此可见我这个人有多虚荣、多浮夸。

女兄弟一听我问得奇怪，以为我遇到什么人生难题了，忙不迭地安慰我："不是呀，你人特别好，聪明能干，善解人意，我这辈子最大的收获就是有你这个朋友……"噼里啪啦地表扬了我一大通之后，她才小心翼翼地问，"你……是不是发生什么事了？"

待我把前因后果一说，女兄弟松了一口气，乐了："整死你，吓坏我了。"不过，她倒没有真的整死我，而是马上跟我分享了她养六只狗的故事。

她说："我养了六只狗，但花在它们伙食上的钱很少。"

"为什么呀？"

"参加饭局，我会把剩的饭菜打包回家；在单位的饭堂吃饭，也让厨工把剩饭和剩菜都打包给我带回家。"

"不是说狗吃狗粮更好吗？"

"我家的狗喜欢吃肉、菜还有饭，对狗粮不感兴趣。在与人类长期的共同生活中，它们早就适应了人类的伙食。"

还有这种操作？

下次出去吃饭的时候，见到餐桌上还剩着鸡肉，我心里便很自然地打起了小九九。广东的白斩鸡其实是白水煮鸡，鸡肉与鸡大腿肉多、纤维足，不咸也不油腻，给猫们当伙食最好不过。

要不要打包？要不要打包？我犹豫再三，看着周围的人，突然心跳加速，脸色发红。如果我把鸡肉打包，别人会不会对我有看法？

饭局已近尾声，再不打包就要走了。在最后的关头，我鼓起勇气站起来："美女，给我一个食物袋，我要打包。"

没有想象中的异样的目光，也几乎没有人留意我这句话。原来，鸡汤文中的那句"外面没有人，只有你自己"是真的。

这个世界上，并没有人会刻意留意你，你想做什么去做便是，只要不伤害他人，不危及公共安全。吃完饭打包这样的小事，谁会留意？

服务员微笑着呈上食物袋，同桌吃饭的人自告奋勇地协助我把鸡肉装好。而我的虚荣心又作祟了，生怕别人误会，讪讪地向大家解释："我家里养了几只猫，这鸡肉是用来喂猫的。"

其实大家并不需要这样的解释，你把鸡肉打包回家究竟是给人吃还是给猫吃，人家并不在乎。但我当时就那样巴巴地解释了，而且在之后很长的一段时间里，每当我把剩肉打包的时候，都会重复这样的话。

直到有一天，我又与女兄弟聊天，我问她："你平时出去吃饭给狗打包伙食，会不好意思吗？"

"为什么不好意思？饭菜是剩下来的，我带回家给狗吃，废物利用，狗开心，我也开心，一举数得，这么好的事情，坦荡荡地去做便是。"

我大为汗颜，为自己的虚浮习气。想我活了这么些年，老是把自己困在那些鸡毛蒜皮的小事中，老是担心别人怎么看自己，老是前怕狼后怕虎，禁锢了自己的思想，也限制了自己的行动，所以每每行事踌躇；而女兄弟一直随心随性，反而过得快乐自在。

我喜欢她的笑容，我羡慕她的幸运，我妒忌她拥有的一切……而这一切，都是她以自己的真实、真诚、善良来维护的。所以，她一直坦荡荡地活着，坦荡荡地开心着，也坦荡荡地收获着。

我如醍醐灌顶，从此以后，再打包时，便只管坦率地跟服务员说："请帮我拿食品袋来，我要打包，谢谢。"

没人在意我打包，我也不再因为打包剩菜而感到尴尬或不安了。广东的肉菜做得清淡，鸡肉也好，鸭肉也罢，拿回家撕碎给猫们吃最好了。如果担心咸了，放在开水中洗一下就行。

猫们对这样的加餐也很喜欢，后来还渐渐养成习惯，每当我晚上外出回来时，它们都会凑近来检查我是否给它们带了外卖。有时候见到塑料袋里装着东西，便会兴奋地嗷嗷叫着，扒开来看，一个个毛茸茸的圆脑袋就那样凑过来，令人想起小时候家里屋檐下的燕窝，那些小燕子也是这样伸长着脖子等候燕子妈妈给它们喂食的。

我喜欢这样的感觉。

从报社辞职后，有段时间饭局特别多，我打包也特别频繁，而且到了越来越不要脸的状态。一看同桌的人吃得差不多了，我也不管服务员是什么年龄，只管兴奋地吆喝："美女，快帮我拿个食品袋来！"

广东人习惯称年轻的女子为美女，称年长些的女性为阿姨，而我为了达到自己的目的，一律称之为美女，由此可见，我为了猫的伙食完全失去了节操。

托赖我的厚脸皮，我家的猫那段时间得以时时品尝各种新鲜的肉类：鸡肉、鸭肉、猪肉，等等。

有一天，我参加了一个非常大的饭局，有数十桌之多，桌上的伙食也相当讲究，不是山珍就是海味。看着菜一碟碟地上，咦，有鲍鱼啊！有大螃蟹啊！哇，龙虾！我心里乐开了花，想着：猫们若是能吃上这些东西，会不会很高兴？

当大家对着满桌的肉菜大快朵颐的时候，我却食不知味，担心满桌的好肉都让人吃光了，那我怎么向家里的猫交代？

好不容易等大家都放下了筷子，我才松了一口气，略略打量了一下桌上的菜碟。还行，龙虾剩下一些，螃蟹也还有，此时不动手，更待何时？我亲切地唤来服务员拿食品袋，并如愿以偿地把桌上的龙虾与大螃蟹收纳到了袋中。

坐在旁边的小哥问我："是装来喂狗的吗？"

"不，喂猫。"

"还要吗？"

我看了一眼邻桌，人们已走得差不多了，只是我不好意思杀过界。小哥自告奋勇地说："我帮你。"

既然有人主动帮忙，我自然是忙不迭地点头。于是，当天晚上，我提着两大袋龙虾和螃蟹回家了。这是我的打包生涯中收获最丰富的一次，可载入史册。

虽然是剩菜，但丝毫不影响猫们对龙虾肉的热爱。大概是龙虾的味道太诱人了，袋子尚未打开，众猫已经围着我兴奋得丧失了理智。大喵用头蹭我的手，嘀嘀拿尾巴来缠我的脚，西瓜皮干脆把脑袋钻进了食物袋中。

待狗豆把龙虾肉剔出来放在猫碗中，众猫彻底沦陷了。连一向对肉类不甚感兴趣的西瓜皮，也边吃边兴奋得嗷嗷叫。

你看，这世上哪有真正矜持内敛的猫，只是还没遇到它想吃的龙虾肉而已。

16 老虎之殇

作为一只得宠的大肥猫，老虎在我过往所有的行文记录中，都是滑稽、呆萌、傻里傻气等形容词的演绎者和实践者，以至于我一见到它，嘴角便会不由自主地绽开笑意。我原以为，老虎会一直这么开开心心、傻乎乎地陪伴着我们一家人，我们还有很多很多时间、很多很多机会朝夕相处，可是，2017年的春天，老虎永远地离开了我们。

2016年的冬天，老虎突然变得尿频，且每次只尿一点儿。我上网咨询后，怀疑老虎尿道结晶，给老虎买了药。每次吃药，我都是直接塞进老虎的嘴里。刚开始的时候，老虎不肯吃，但我好好地给它讲了一番道理，它也就吃了，没多久就恢复了正常。过了两周，老虎再次出现同样的症状。我把老虎送到宠物医院，医生给开了药，它回来吃了，病情好转了。

当老虎第三次发病的时候，我不敢轻视，让医院给老虎照了 X 光。医生说，老虎的尿道确实有结晶现象，而且必须马上插尿管，不然尿液积在膀胱里，会有生命危险。给老虎打了麻醉药后，医生却无法把纤细的导尿管插进去，因为猫的尿管实在太小了，医生努力了几个小时依然没成功。

眼看时间一分一秒地过去，我心急如焚，医生依然束手无策。再后来，估计是担心老虎出事，医生让我们带老虎转院。我默默地交齐了所有的手术费用，抱着仍然昏迷的老虎赶到了另一家宠物医院。这家宠物医院相对来说专业些。将近一小时后，医生从手术室里走出来，说老虎的尿管已导通，但尿液已变成了血色，估计憋尿太久，导致膀胱受损了。

但无论如何，老虎得救了！我难掩内心的喜悦，待医生把老虎从手术室里抱出来后，我便一直守在老虎身边。老虎还未醒，我希望它醒过来的时候能第一眼看到我。这一等就是几个小时，老虎依然未能清醒。后来，医生强行刺激老虎的四肢和耳朵，它才慢慢睁开了眼。

医生说，接下来老虎要打六七天的针，还要观察病情的进展。为了让老虎康复得更快，我决定让它住院。交齐了所有的款项后，我又对医生再三叮嘱，才回了家。走出宠物医院时，天已经黑了。

谁料我回到家，刚端起碗准备吃饭，医生就打电话来了，说老虎再度昏迷，且体温不断下降，进了重症监护室依然无法升温，有可能活不过今晚了。我的心揪紧了，慌忙赶到医院。老虎待在保温箱中，已奄奄一息。我问医生："还有什么办法抢救吗？"医生无言以对。更让我担心的是，此时已经是晚上八点多，宠物医院九点就要下班了，下班后没有人会留在医院里照顾老虎。我当即决定把老虎接回家。

回家后，我与女儿用热水袋为老虎加温。担心热水袋会烫伤老虎，每隔二十分钟左右就要换一个位置，每隔半小时就刺激一下老虎的四肢。此外，被子要紧紧地盖好，不能让四肢和尾巴受冻……就算老虎终究要离开我们，我也希望它走的时候能感受到温暖。

当天半夜，老虎突然清醒过来了！它睁开眼，

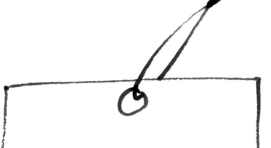

猫一天要睡多久？

对于猫来说，睡觉是它们的主业。它们一天能睡将近二十个小时，只留出少部分时间来吃喝拉撒和玩闹。所以，我见得最多的还是猫们各种各样的睡姿。

发现我守在身边，默默地凝视了我好一会儿。我默默地抱起它，泪水突如其来地滚落在它的皮毛上，又迅速地洇开去。

此后几天，我们每天都送老虎到宠物医院打针。其间又出现过一次导尿管堵塞的情况，医生再插了一次尿管，这导致我每天都过得提心吊胆。一连打了六七天针，老虎算是基本康复了。医生给老虎开了一些消炎和保护泌尿系统的药，让我们在家里喂。哪料，出院第二天半夜，老虎又一次发病了。

猫生……就是揣着小手
晒太阳。

老虎痛苦地蹲在猫厕里，一直尿不出。我四处打电话咨询，但所有的宠物医院晚上都不营业。打了一个多小时电话后，我终于死心了，做了最坏的打算。现在我已经无法回忆那天夜里的绝望与无助了，只记得流了很多的泪。

　　意外的是，第二天一早把老虎送去医院，老虎竟然自行撒了一点儿尿。随后，医生压迫老虎的腹部，老虎顺畅地撒了一大摊尿。我惊喜莫名，不敢相信事情如此简单、如此圆满地便得到了解决，向医生再三道谢。医生说，其实老虎的尿道这次并没有堵塞，是我太紧张了，公猫的尿道堵塞是常见问题，希望我们考虑为老虎做尿道改造手术。当然，这个手术除了价格昂贵外，也有风险，尤其是老虎对麻醉药过敏，很有可能因此丧命。

　　我不愿意细想这些，觉得只要老虎现在好好的就行了。我就这样喜忧参半地带着老虎回家了。

　　我们买了各种酸化尿道晶体的药物，每天坚持给老虎喂药，希望它好好的，永远不再犯病。老虎也很争气，身体和精神一直很好，我们度过了一个愉快的春节。

　　元宵节前两天，老虎又出现了尿不出的症状。怎么办？再插尿管，周而复始？老虎将会很痛苦，而且康复遥遥无期。做手术？因为对麻醉药过敏，老虎有可能长眠不醒。当然经济也是不得不考虑的一个重要因素。这两样都不是我想要的，我决定保守治疗，给老虎加大了药物的剂量。

　　第一天，老虎一直很乖，坚持想自行撒尿，无数次走进猫厕，又无数次失望。第二天，它一直躺在窝里，很暴躁，只有我伸手摸它的脸的时候，它才会温柔地配合我。我虽然有不好的预感，但还是心存侥幸，以为它会像以前那样，

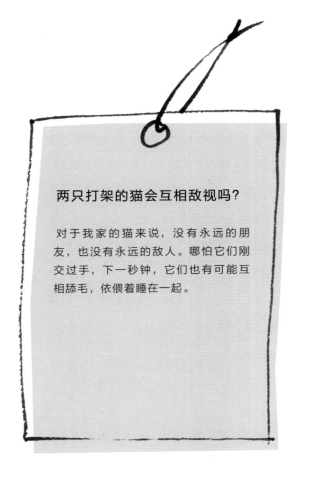

两只打架的猫会互相敌视吗？

对于我家的猫来说，没有永远的朋友，也没有永远的敌人。哪怕它们刚交过手，下一秒钟，它们也有可能互相舔毛，依偎着睡在一起。

突然给我惊喜。

整整一天，我心神不定，无法睡觉，无法看书。老虎却异常安静。我不知道它在想什么，每次我走近摸它的头和脖子时，它都会露出很高兴的样子。我开始质疑自己的决定了，是不是应该把老虎带去医院动手术？但是，动手术的话，它极有可能会死在手术台上……我陷入周而复始的自我假设又自我否定中。

傍晚六点左右，老虎突然站起来，慢慢地在屋里走动。我惊喜地叫了它一声，它走过来靠在我的脚边。我抱起它，不知为何，我有了不好的预感，泪水突然夺眶而出。老虎把头靠在我的下巴上，依恋地看着我。

我把它抱上天台，放在地上。它缓缓地在天台上走了几步，细细打量着天台上的一切。它曾无数次在这里爬树，与我在天台上互相追逐，可是现在，它再也走不动了，我听到了它轻微的叹息声。我抱起它，把它带进卫生间、卧室，带进我们曾经一起相处过的所有地方。老虎无限留恋地打量着一切，最后累了，伏在我怀里，依恋地盯着我。

我突然后悔了，我很怕老虎会死去。哪怕它会死在手术台上，我也要试一试！可是迟了，上天没有给我们再来一次的机会，六点二十分，老虎突然大叫一声，长长地叹了一口气，然后再也没了声息。

　　我不敢相信，抱起老虎大哭。狗豆再三劝说，我依然把老虎紧紧地抱在怀里。女儿说："让妈妈抱着老虎哭一会儿吧。"是的，也只能哭了。

　　哭是这世上最无用的事，可是，最伤心最难过的时候，唯一能做的事也只有哭了。

17 一起生儿育女

老虎去世后，我消沉了好多天，老是忍不住胡思乱想，担心老虎的尸体会被流浪狗挖出来吃了，过不了一两天就忍不住去看看。

我和狗豆把老虎埋在这座城市东方河边的小树林里，旁边种着一株杜鹃花。我希望老虎成为那株杜鹃的养分，希望老虎能以植物的样子重新活一次。

可是我也知道，这只是我一厢情愿的想法，老虎已经永远地离开了我们。从此以后，再也没有猫能安静地陪我看书，没有猫在我上厕所的时候耐心地等候我，在我洗澡的时候担心我的安全了……我陷入深深的忧伤中，不可自拔，嘀嘀、大喵、西瓜皮也无法让我的心情放松。那段时间，我可能有点儿抑郁的倾向了，对什么事都失去了兴趣，不想看书，不愿意写作，更加不愿意出去见人。

狗豆察觉到我的消沉，建议说："要不我们让嘀嘀生小猫吧？小猫那么可爱，你见了小猫会开心些。"

　　我心里一动。我们家的猫已经很久没有生过小猫了，嘀嘀最近正好发情，天天在家里打滚嚎叫，整天闷闷不乐，要生要死，一副为情所困的样子。

　　"那就让嘀嘀生一窝小猫吧。"我答应了。

　　与朋友约好了时间后，我把嘀嘀带去配种。但是，在临出发时，发生了一点儿小状况：我刚把猫袋打开让嘀嘀钻进去，西瓜皮也飞快地闪了进去，而且怎么赶都不肯出来。

　　狗豆笑了："算了，也把西瓜皮带去吧。有它陪着嘀嘀去一个陌生的地方，嘀嘀可能没那么害怕。再说，西瓜皮那么凶，公猫也近不了它的身。"

　　我想想也是，就提着两只猫送去朋友家配种了。当天晚上，朋友用微信给我直播配种的情况："你家的两只猫躲起来了，无法配种。"

　　第二天，朋友又发信息来："你家的两只猫合伙打我的猫，打得好凶，估计配不成了。"

　　朋友打电话来："你家的猫一直躲在房间里不肯出来，已经三天没吃东西了，快来接回去，迟了怕有生命危险。"

　　配种也不能危及生命呀！我一听就急了，慌忙跑去朋友家接猫。朋友把我带进房间，说西瓜皮和嘀嘀一直躲在床底下。我伏下身子，朝床底下看，果然看到它们正靠在墙边警惕地瞪着我。

　　我呼唤着它们的名字，它们像是认出了我，迟疑地朝我走过来。正在此时，朋友的公猫突然慢慢地踱了进来，嘀嘀和西瓜皮一看见公猫的影子，就马上退回到墙角去了。

朋友说："你看，它们这么怕我家的猫，怎么能配得成？"

"它们在你家发情了吗？"

"没有，完全没有，可能它们太害怕陌生的环境了。"

为免嘀嘀和大喵受惊，我让朋友抱着他的猫出去了。我关上房门，细声软语地赔了半天的小心，说了半天的好话，才令嘀嘀和西瓜皮打消顾虑，走出来凑近我。

把嘀嘀和西瓜皮接回家后，它们立即恢复了活泼的天性，该吃喝就吃喝，该打架就打架，而嘀嘀，不该发情也发情。

我暗暗恼火，送你去相亲你不愿意，一回家又发情，这不是故意为难我吗？因为这点儿小情绪，我故意不理嘀嘀，不管它在我脚边怎样用尾巴缠我，拿脑袋蹭我，使眼神媚惑我，我只管不动声色。你发你的情，我自屹立不动。

猫发情就像人类谈恋爱，过了那会儿兴头，也就渐渐淡了。又过了两三天，嘀嘀终于安静了。它恢复了往日对我们的亲昵，与此同时，还恢复了吃货的本色，不管我们吃什么，都凑上前来要求分享。

怀不上小猫就怀不上吧，我倒也没有抱太大的希望。其实家中还有三只猫，也不算少了。我不能因为放不下老虎，就企图让嘀嘀生小猫来代替它呀。更何况，老虎在我心中是独一无二的，谁都取代不了它。

为了尽快走出失去老虎的阴影，我把自己投进书海中，看各种各样的书、各种各样的剧本，通过这种方式让自己的生活变得充实，并为下一部作品搜集素材。

一个月后，我们惊奇地发现：嘀嘀和西瓜皮变胖了！虽然它们的肚子大得不明显，腰身却圆鼓鼓的，抱起来也感觉比以前重了好些。

"莫非它们怀孕了？"我首先在家里提出这个疑问。

"不可能。"狗豆与狗宝不以为然，"你忘了吗？它们配种没成功。"

狗豆还举例力证嘀嘀和西瓜皮不可能怀孕："它们只是吃肥了，尤其是西瓜皮，最近很馋嘴。"

是啊，我这才想起来，西瓜皮最近一反常态，晚饭的时候老是缠着狗豆要肉吃。它平时不屑于讨好任何人，但最近为了吃肉，老是在狗豆周围打转，有时候甚至还靠在狗豆身边。

一只不馋嘴的母猫突然变得贪吃了，正如一个不喜欢打扮的女人突然变得爱漂亮了，原因都很简单：前者是因为怀孕了，后者则是因为有了心上人。

我肯定地说："西瓜皮一定是怀孕了。"

胎儿在母腹中日益长大的时候，需要的养分会越来越多。为了让孩子们在肚子里健康成长，母体的大脑会强烈地提出需求，所以西瓜皮会一改挑嘴的习惯，成为一个吃货。

这是母亲的本能。

狗豆与狗宝显然不相信我这个理论，他们用嘀嘀的日常馋嘴来反驳我："那么嘀嘀呢，它平时那么贪嘴，难道它天天怀孕？"

"如果你们不相信，那就打赌。如果西瓜皮真的怀孕了，你们输钱给我；如果西瓜皮没怀孕，我赔钱给你们。"

　　那两个人看着我："多少钱？"

　　我有恃无恐地说："几千不嫌多，一百不嫌少。"

　　狗豆与狗宝交流了一个眼神，几乎是异口同声地说："不赌！"

　　狗宝这样解释不赌的原因："我不会因为别人的事，给自己带来损失。"好吧，我被理智的"00后"打败了。这里要插播一句，如果你是影视投资者或制片人，千万不要被网上的假数据忽悠了。其实"00后"很理智、很清醒，他们不喜欢"脑残片"，也不喜欢"套路剧"，他们是有理想、有文化、有道德的新一代。网上那些拼凑出来的"套路剧"真的吸引不了他们，唯一能上当的，只有你们自己。

　　又过了十天左右，西瓜皮的肚子更大了，可用突飞猛进来形容，肚皮都快拖到地面了。这下子，狗豆与狗宝都相信了我的判断：西瓜皮确实是怀孕了。

　　我把西瓜皮怀孕的消息告诉朋友，朋友惊讶："它们一直躲在房间里啊，我都没见过西瓜皮和我的猫在一起。"

　　我笑了，显然他也被猫们骗了。

　　人类常常以为了解这世间的一切事，他们过多地信赖自己的眼睛，对自己认定的事深信不疑，而很多事情在他们毫无察觉时早已改变了。

　　我们的本意是让嘀嘀配种，想不到嘀嘀没配成，西瓜皮倒怀孕了，这也算是意外的惊喜吧。配种六十天后，我开始为西瓜皮准备干净的小毛毯和纸箱，

为什么不准趴在这里？！嗯？
这是你的地盘吗？

好吧，你说是
就是吧！

暗中观察

还让狗豆在纸箱上开了一扇椭圆形的门，既可防止小猫走出来，又能让猫妈自由出入。

我把西瓜皮抱到纸箱前，西瓜皮只看了一眼，就表示很满意我们的安排，马上走进纸箱里躺下了。正在我和狗豆大感欣慰的时候，一个身影飞快地蹿了过来，也钻进了纸箱里。

我定睛一看，是嘀嘀。

"嘀嘀，你给我出来，这是西瓜皮的产房，不许你捣乱。"我把嘀嘀抱了出去，但嘀嘀马上又跑了过来，依然蹿进纸箱里躺下。

我对嘀嘀无可奈何，寻思着等西瓜皮生孩子的时候再说吧。毕竟，对于猫来说，纸箱是天堂一样的存在。更何况，嘀嘀一向那么乖，我不能对它太苛求了。

第六十三天，西瓜皮如期生下了一窝小猫——三只蓝猫，一只棕色虎斑猫。四只小猫都是毛茸茸、肉乎乎的，我们一家人都很高兴。

西瓜皮生孩子的时候，嘀嘀一直趴在产房的门口盯着，一动也不动。我给西瓜皮喂鸡蛋补充营养的时候，怕嘀嘀过来抢，特意也给嘀嘀准备了鸡蛋，但它只是淡淡地看了一眼，就别过脸继续看小猫了。

咦，这个全家最馋的吃货竟然不吃东西了？我吃了一惊，继而担心起来：嘀嘀为什么一直盯着小猫？它会不会伤害小猫？过去的认知告诉我，小动物生孩子的时候，也是它们的警惕性最强的时候。它们担心别人伤害自己的孩子，哪怕是同类靠近它们，也是要打架的。

因为担心西瓜皮与嘀嘀打架会殃及小猫，我就一直守在纸箱边观察着嘀嘀，看它意欲何为。

西瓜皮一直在忙碌地给小猫们舔毛，小猫们忙着找奶吃，四处乱钻，西瓜皮就有点儿忙不过来了。嘀嘀在旁边看得有点儿急，伸长脖子往纸箱里凑，嘴里还发出温柔的喵喵声。

那是母猫呼唤孩子的声调，西瓜皮似乎有点儿惊讶了，抬起头愣愣地看着嘀嘀，嘀嘀自顾自地伸长脖子帮小猫们舔毛。令人惊奇的一幕发生了：西瓜皮不但不生气，反而往纸箱里面让了让，似乎是想让嘀嘀进去。嘀嘀也没有客气，马上迈开四肢走进纸箱里，就地一躺，跟西瓜皮一起把小猫们围住了。

看样子，嘀嘀这是要跟西瓜皮一起照顾小猫了。小猫们吃奶的时候，嘀嘀就在背后给小猫们舔毛，西瓜皮正好可以趁机休息。它们之间几乎没有用言语交流过，但配合得非常默契，这令我惊讶不已。

傍晚的时候，下雨了。在广东生活过的人都知道，广东下冬雨是比较可怕的，室内又冷又湿，躲在被窝里都无法抵御透骨的寒气。我担心小猫们经受不住寒意的侵袭，忙去看它们。

只见嘀嘀和西瓜皮相向而卧，小猫们都躺在它们的肚皮之间，摸起来热乎乎的，纸箱里的小毛毯也是热乎的，似乎完全没受到降温的影响。我终于明白西瓜皮为什么愿意让嘀嘀跟它一起照顾小猫了，这是抱团取暖的意思啊！

整整两天，嘀嘀一直衣不解带地陪着西瓜皮照顾小猫们，连吃喝都不肯走出去。我按照产妇的待遇，分别给西瓜皮和嘀嘀准备了鸡胸肉和水，让它们就在纸箱里吃饭。除了不能亲自给小猫喂奶外，嘀嘀对小猫的照顾程度跟西瓜皮没有什么两样。

第二天晚上，嘀嘀突然把西瓜皮赶出了产房。西瓜皮可怜巴巴地站在门口，不愿意出去，嘀嘀就呼呼地发出低沉的威胁之声。西瓜皮打不过嘀嘀，但又舍不得自己的孩子，站在产房门口被嘀嘀打得脱了一地的毛。

我又心疼又生气，西瓜皮还是一个产妇啊，这样被嘀嘀欺负还得了！我一把抱起嘀嘀，正想狠狠地教训它，但是，当我抱起它的瞬间，我先是呆住了，然后轻轻地放下了它。

嘀嘀正在生孩子，产道已露出了小猫灰色的头。

嘀嘀竟然也怀孕了，我们对此一无所知。

也许是因为它的肚子不太大，也许是我们的注意力全给了西瓜皮，嘀嘀一直在悄悄地孕育着自己的孩子。我们没有为它提供过任何帮助，它想进产房的时候，我还斥责它。而它主动照顾西瓜皮，也许只是想提前为自己的孩子谋一个温暖的居所而已。

我满心都是内疚，像是误会了最好的朋友，又像是伤害了最亲的人。幸亏我还可以弥补。我迅速找了一个纸箱，又铺上了软绵绵的小毯子，把西瓜皮和它的孩子都转移到了新纸箱里，让嘀嘀待在产房里安心生产。

嘀嘀也生了四个孩子，孩子们的个头儿还不小，都像妈妈一样长得圆脸圆脑的，很可爱。

为免西瓜皮与嘀嘀再起争端，我把两个纸箱分别放在客厅的两头，这样西瓜皮一家与嘀嘀一家便隔开了，大家相安无事。偶尔，它们会在上厕所或吃饭的途中碰见，这时候，它们会互相打量对方一番，或凑过去闻一下对方的气味，然后摆出一副井水不犯河水的样子各自散开，各回各窝，各奶各娃。

那是一段岁月静好的日子。两个产妇忙着照顾自己的孩子，大喵自顾自地玩，没有猫打架，也没有猫搞破坏，家里一片太平盛世的景象。

然而，哪有什么岁月静好啊，只不过是时候未到而已。十多天后，小猫们陆续睁开眼睛。它们对外面的花花世界充满好奇，不等母亲允许，便呼啦一声四处散开，整个家里都是小奶猫们欢脱的身影。

这还得了！西瓜皮和嘀嘀都很急，它们担心孩子离开自己会有危险，喵喵地呼唤着，但小奶猫们往往充耳不闻，你叫你的，我自玩我的。

养了猫以后，我常常在猫身上看见我们人类的习性，包括小猫与母猫的对抗。也许，反叛不仅限于人类，当少年质疑父母的封建家长制时，其实小奶猫也在挑衅猫妈的权威。

当孩子不听话的时候，母亲总是容易气急败坏，人类如此，猫界也一样。每当这个时候，西瓜皮与嘀嘀总是气急败坏地冲出来，叼着小猫往窝里跑。一时间，小奶猫的惊叫声此起彼伏，自然而然地便发展成我家的一种新现象——抢娃大战。

18 嘀嘀的宫心计

　　自从小猫们开了眼，可以闯荡江湖后，抢娃大战便时时在我家上演，主角是嘀嘀和西瓜皮，配角是全体小猫。

　　如果说原来的抢娃大战是小猫们喜欢到处跑而引起的误会，后来的抢娃大战则是有人，哦，不，是有猫故意为之。据我长期的观察，始作俑者往往是嘀嘀。

　　事情通常是这样发展的：嘀嘀与西瓜皮带着各自的孩子在各自的窝里喂奶，酒足饭饱后，孩子们沉沉睡去，嘀嘀的时间便闲了下来。

　　人不能闲，一闲就胡思乱想，同样，猫也不能闲，一闲就惹是生非。嘀嘀正是这样，它一闲下来，就会跑去西瓜皮的窝边看。这一看就看出问题来了：咦，这里怎么有这么多小猫？西瓜皮一定生不出这么好看的小猫，这些小猫一定是西瓜皮偷的我的！

当然，这只是我的猜测，也不知道嘀嘀是不是真的这样想，反正它是这样做的。它会悄无声息地凑近西瓜皮的窝，然后不声不响地一屁股往窝里一躺，还故意搞出很大的动静弄醒小猫。

正在吃奶的小猫基本上没有什么立场，动物生存的本能令它们只能通过奶味来辨认母亲，所以它们对于横空出现的嘀嘀并不反感。有奶就是娘，它们便转了个方向，围着嘀嘀认真地吃起奶来。

这个时候西瓜皮就很委屈了，大家都有娃，凭什么你来抢我的娃？但由于长期被嘀嘀欺凌惯了，它只能选择忍气吞声。就像我们人类一样，遇到自己无法打倒的恶人时，只能采取消极回避的方式。

西瓜皮也是这样，它会默默地起身，茫然不知所措地看着嘀嘀鸠占鹊巢，然后便会慢慢地朝嘀嘀的窝走去。这一点也与人类的做法差不多，以其人之道还治其人之身。你不是霸占了我的孩子吗？那我就去霸占你的孩子。也叫"你做初一，我做十五"。

然而嘀嘀并不是什么善男信女，它喜欢做初一，却不愿意别人做十五。它一看西瓜皮跑去了自己的窝，便会怒气冲冲地过去，两只猫互相敌视、对峙，有时候默默无语，有时候呼呼低吼。当目光中的恨意积累到一定的程度时，也不在乎是谁先出的手了，反正在嗷嗷嗷的怒吼声中，每个动作都是快进，你还没看清楚两只猫八个爪子是怎样攻击对方的，地上已遍布猫毛。

奇怪的是，见母亲们打架，小猫们并不慌张，它们会津津有味地看着妈妈们拳来脚往。也许谁胜谁败并不重要，反正它们永远都是赢家，都有奶吃。

打过一场后，接下来的事情就简单多了。反正脸面都撕破了，也不必藏着掖着，最后的底牌也就翻出来了——抢小猫。

先动手的那个会咬着小猫脖子后面的皮毛，把小猫往自己的窝里叼。另一个当然不甘示弱，你不是咬脖子吗？那我就咬尾巴，一时间直把小猫咬得鬼哭狼嚎。

通常这个时候，我也不愿意过分苛责它们。尤其是嘀嘀，虽然战火大部分是它点燃的，但我体恤它作为母亲的本能。以它的认知，它可能觉得孩子都是自己的，所以我包容它的无理。直到有一天，家中发生了一件事，才令我下定决心：抢娃者必须严惩！

某天上午，我正在楼上写稿，突然听到楼下传来很凄厉的猫叫声。我心里一惊，忙冲下楼一看究竟。

地上有猫毛，像是刚打过架的样子，嘀嘀与西瓜皮还站在那里对峙着，显然战事刚停。旁边的猫窝里，一只小猫伏在毛毯上哀叫。我拿起小猫一看，倒吸了一口冷气：小猫尾巴二分之一的位置，竟然断了！仅余一点儿皮连在一起！

不敢想象那小小的尾巴连肉带骨被咬断时，是多么的痛！我心疼极了，把小猫捧在掌中。那是一只小小的猫妹，脸特别圆，性格特别温顺，只是因为我的疏忽大意而承受了这样的苦楚。我自责不已，小心翼翼地为它清理了断尾，又把它放进西瓜皮的怀里，让它吃奶。

不能再让嘀嘀和西瓜皮这样抢下去了，不然下次还会伤害小猫的！

我找来了一个更大的纸箱，把所有的小猫都放进去，然后又把嘀嘀和西瓜皮都抱了进去。这个纸箱真的好大，大到足以容纳它们两家人。

你们不是要抢娃吗，那么所有的娃都跟你们住在一起，这样就不会抢了吧？

然而，我想得还是太简单了。

没多久，我就听到大纸箱里传来打架声。让小猫们住在一起不但没有解除嘀嘀和西瓜皮的敌对情绪，反而令它们打起架来更加容易，反正对方就在旁边，伸爪就可以打，方便快捷，简单粗暴。

后来，估计是它们也觉得在纸箱里打架不好，会伤着孩子，两只猫会蹿出去箱子外面再动手。我虽然恼火，却苦无良计。

不过，这个难题过了没多久竟然解决了，而且解决得相当高明、正能量，完全没有一点儿负面影响，简直是这个混浊社会的一股浩然正气。

是谁有这么大的本事？大喵。

对于嘀嘀和西瓜皮来说，大喵相当于归隐已久的老前辈了。这两年来，它不问世事，亦不参与战争，在家中渐渐成了独行侠。但是在这一刻，它起到了关键的作用，力挽狂澜，把嘀嘀和西瓜皮从邪路上拉了回来。

某天，嘀嘀与西瓜皮正打得兴起，大喵悄无声息地走进了猫窝。它温柔地呼唤着孩子们，张嘴舔着每个孩子身上的毛发。它的语气是那么深情，动作是那么轻柔，完全不像外面那两个打架的泼妇啊！小猫们兴奋地挤到大喵面前，大喵躺下来，毫不吝啬地朝它们敞开胸怀：来吧，孩子们。

久不生育的大喵在这一瞬间找到了作为母亲的骄傲，小猫们也不客气，纷纷凑过去吃奶。大喵毕竟有过养育小猫的经验，很快便调整好姿势，让小猫吃

猫的绝育手术复杂吗?

相对来说,公猫的绝育手术比较简单,仅需要在两个蛋蛋之间切开一道口子,取出蛋蛋,无须缝合就可把猫带回家,喂几天消炎药即可。医生为了防止猫猫舔伤口导致发炎,会让猫猫戴六七天伊丽莎白圈。母猫的手术则比较复杂,需要开腹,康复的时间也稍长,需十天左右。

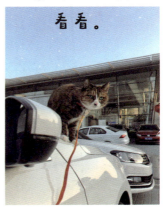

新车?让我看看。

为什么猫喜欢爬到高处?

我家的猫都喜欢爬上冰箱和柜子的顶部,有时候还会爬到树顶,以一种睥睨天下的眼神傲视我们。也许这是猫的天性,据说有利于缓解猫的压力,在不破坏东西、不影响安全的前提下,主人没有必要阻止,让它们高高兴兴地做自己就好。

不错,磨爪子不错。

这刷子是刷哪儿的?

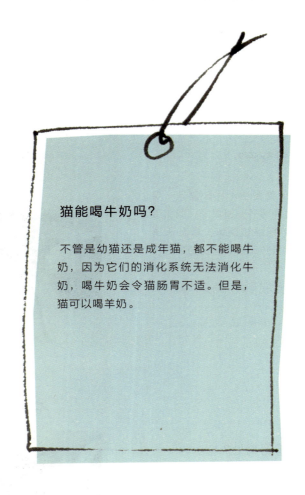

猫能喝牛奶吗？

不管是幼猫还是成年猫，都不能喝牛奶，因为它们的消化系统无法消化牛奶，喝牛奶会令猫肠胃不适。但是，猫可以喝羊奶。

得更舒服，总之，纸箱里很快便呈现出一派母慈子乖的动人画面。

后来，当嘀嘀与西瓜皮打完架回窝的时候，才发现自己作为一个母亲的地位已经被大喵取代了。我们人类都希望自己成为不可取代的人，猫其实也是如此。嘀嘀和西瓜皮发现自己被取代后，表情颇为失落。它们并没有像我害怕的那样合伙殴打大喵，而是开始反省：你的孩子为什么会认别的猫做妈？

当然，这只是我的猜测，也许它们并没有反省。但是，它们的行动表示，它们已经认识到了自己的错误。它们不约而同地走进猫窝里，躺下来给小猫们喂奶。

哇，一下子有了三个奶妈，小猫们可兴奋了。它们扭动着肉乎乎的身子，吃一会儿奶换一个妈。每个妈都那么温柔可亲不打架，这是多么美妙的事！

原以为大喵只是母性发作，用奶嘴来哄小猫，毕竟它又不处于哺乳期，不可能有奶。但是某天，当我把小猫从大喵的肚子上拿开时，乳白色的奶液竟然喷涌而出，令我大为吃惊：大喵真的有奶！

我上网查相关资料，发现也有网友反映这个问题，说家中有只母猫，不曾生育过，后来他在外面拾了一只流浪的小猫咪回来养，那母猫竟然能用母乳喂养小猫。

如果我没亲眼见过大喵的奶水，我一定会觉得这是胡扯。但是现在，我相信了。我相信生物界有许多我们不知道的秘密，不到必要的时候不会轻易暴露。猫能历经这么多的变迁，与人类一起生存到今天，自然有其道理。

更神奇的是，自从嘀嘀和西瓜皮发现大喵也能给小猫喂奶以后，它们打架的频率便大为减少，也许是担心大喵抢了它们的孩子吧。为了吸引孩子追随自己，它们必须花更多的时间陪伴孩子，喂孩子们吃奶。

于是，我们每天一起床便可以看到一幅其乐融融的全家福：三只大猫躺在一个大纸箱里给八只小猫喂奶，小猫们都长得又圆又胖。这一家猫简直可以为动物界拍幸福和谐的宣传片了。

作为一名不入流的小编剧，每当被生活中的一些小事触动，我总喜欢举一反三。是的，大喵的举动让我想起了编剧艺术。其实，生活才是最高明的编剧，它总会给我们设置一个人，那个人也许不常露脸，但他会在关键的时刻做一些关键的事，会引领我们找到正确的目标和方向。

比如大喵，它就是这样一个肩负着重要任务的角色。

19 一只叫老包的猫

嘀嘀和西瓜皮的孩子长大后，又面临着找新家的问题。狗宝抱着一只小蓝猫哀求我："妈妈，留下这只蓝猫好吗？不要卖也不要送人了，我好喜欢它，留下它吧。"

按世俗的目光来看，那只小蓝猫长得并不算十分好看，下巴是尖的，耳朵也是尖的，眼睛倒是圆大，但眼珠子转动得特别快，以致眼神飘忽，乍一看像只老鼠，十分猥琐。

我不是十分愿意留下它，于是问："你为什么喜欢它呢？"

"因为它好可爱啊，它的样子好好看。"女儿说，"我家还从未有过这么好看的猫呢。"

一只长得像老鼠的猫，在狗宝看来竟然好看，真应了那句"各花入各眼"。

看来这个世界的审美观真是千奇百怪啊，我虽然理解不了，但为了彰显我宽容且包容的母亲胸怀，我答应了狗宝的请求："好吧，那就留下它吧。"

于是，这只长相猥琐的小公猫，凭着"见仁见智"的美貌，成功地留在我家了。

三四个月以后，小蓝猫渐渐长大，我对它也越来越失望，因为，它的性格实在太"臭"了！

以前，我以为不喜欢摸摸、不喜欢抱抱的西瓜皮已经是我家最难相处的猫了，可是这只小蓝猫，完全刷新了我对一只猫的脾气能有多坏的认知。

像西瓜皮一样，它不喜欢人抱，也不喜欢被摸。但如果我们强行抱西瓜皮，西瓜皮会皱着眉头，勉强地让我们抱一会儿，然后才挣扎着逃脱。小蓝猫则不一样，它连一点儿虚情假意都懒得付出，当你一抱起它，它便拼命地挣扎，挣不脱就用四脚奋力蹬你，用尖利的牙齿咬你，摆出一副宁死不屈的样子。

刚开始，我抱着"我是你的老母亲，我还怕你个小崽子不成"的心态，企图用母爱强行制服它。但经历过几次后，我发现我还真怕了这个小崽子。在它面前我没有任何权威，我的手脚都被它尖利的爪子抓破过。那尖锐的利爪划过皮肤，只觉得一阵钻心的痛，但乍一看并没有伤痕，过了好一会儿，伤口才会慢慢地渗出血来。

我痛得急眼了，便拍打它的头，并狠狠地骂它。若是家里别的猫被我这样打骂就会躲起来，但是小蓝猫不，它会瞪着你，并以后肢为重心稳定身体，伸出前爪还击，并伴以低沉的"嗷呜嗷呜"。很显然，它不但要还击，而且还要骂我。

遇上这样一个油盐不进的货，我真是哭笑不得。不过，从另一方面来说，这也正说明了这只猫不畏强权，不为社会势力所屈服啊。于是，一番自我安慰后，我给这只小蓝猫起了个名字叫老包。

老包越长越大，长至八个月大，竟然长开了，不再是原来的老鼠样子，一身灰不溜丢的毛变成了蓝灰色，又浓又密，乍一看像是染色的丝绸。更神奇的是，当光线和视角不同的时候，那皮毛也会有不同的光泽，看上去极是好看。

网上说，英短蓝猫最大的特征是五短：毛短、身材短、尾巴短、四肢短、耳朵短。老包完全吻合，长得跟母亲、外婆和大姨子完全不一样。它长成了一只好看的萌猫，几乎每个见过老包的人都惊呼：天哪，这只猫好漂亮。

谁能想到，以前那只尖脸狭腮的小猫会长成现在的大包子脸？狗宝乐滋滋地向我夸耀："你看，我以前说老包漂亮，你还不相信。"

老包的长相是进步了，但脾气一直没有进化，依然坚持着不让抱不让摸的初心。更让人哭笑不得的是，它就算很饿，也绝不会摇尾乞怜，不屑于跑到我们跟前喵喵撒娇求喂食。但是，当观察到我们在喂食的时候，它会迅猛地冲到猫碗前，不管不顾地大快朵颐。

不过，老包吃得并不多，它总是第一个离开猫碗的，既不贪嘴也不留恋，走到一边半卧着身子，认真地给自己抹嘴舔毛，搞完内务就呼呼大睡。奇怪的是，吃得不多的老包竟然长成了我家最肥的猫。如果它是人类，估计就属于肥得很冤的那种人：喝水都会胖。

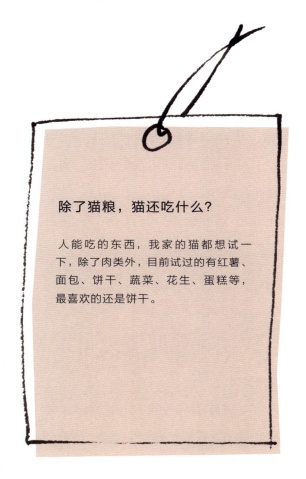

除了猫粮，猫还吃什么？

人能吃的东西，我家的猫都想试一下，除了肉类外，目前试过的有红薯、面包、饼干、蔬菜、花生、蛋糕等，最喜欢的还是饼干。

老包虽然脾气不咋样，但长得好看，我便包容了它的种种无赖与无礼的行为，并试图走进它的世界。但是我发现，在老包的世界里，只有自己，没有别人。它不多事，不打架，也不招惹是非，默默地吃喝，默默地睡觉，默默地舔毛。但是，它也有底线，而且这条底线不可逾越。

它的底线其实一直没有改变过，那就是不许任何人抱。

浊世横流，人心不古，作为一只不满周岁的猫，能有这种独善其身、初衷不改的觉悟，简直是猫界的一股清流啊。我对老包的敬意油然而生，也理解它的坚持，但是，我决不姑息。

我总是趁老包不备，突然抱起它，并且以灵活的姿势让它抓咬不了我，还时常揉搓它的脸。士可杀不可辱，老包自然是火冒三丈嗷嗷大骂。想想看，一只长得又肥又矮的圆脸大猫对着你喵喵大骂是什么情景？那简直是天下猫奴的福音啊。我以此为乐，老包对我无可奈何。

　　每天调戏老包成了我最喜欢做的事，有时候看它实在是恼怒了，我才放下它。而它也不记仇，只要我不再强抱它，它就无所谓，也不会做出什么秋后算账、报仇雪恨的事，我对老包的这种性格表示欣赏。

　　想想，我们人类缺乏的不正是老包这种"不纠结过去，不忧心未来"的豁达态度吗？

　　那真是一段快乐的时光。

　　2018年春节过后，老包满一周岁了。

　　春天是一个神奇的季节，小草会发芽，树木会开花，动物会发情。虽然我很不愿意接受这个事实，但老包终归是发情了。

　　发情的老包就像一个行走的"骚包"，它开始对家中的所有女性亲属产生浓烈的"性趣"，主动给它们舔毛，趁它们不备就企图爬上去行不轨之事。嘀嘀和西瓜皮估计已经忘记老包是自己亲自奶大的孩子了，对老包的不敬并没有表现出丝毫的不快，反而摆出一副一拍即合的姿态。

　　这些女猫太没有原则了吧？它们是怎么想的？难道为了欲望就可以罔顾一切？还有没有一点儿女性的矜持了？幸亏大喵在这个时候很好地体现了长辈的风范，它并没有跟嘀嘀和西瓜皮同流合污，每当老包凑近它的时候，它就毫不客气地举起爪子拍打老包的头，老包被打得嗷嗷直叫，抱头鼠窜。

　　大喵真是猫界的一股清流，我对大喵的表现表示满意。但我不能整天看着几只猫啊，猫界的精神文明也不能老依靠大喵来维护啊，如果过分依赖大喵，

拉个筋......
也算运动了。

说不定啥时候清流就变成浊流了。

为绝后患，我决定把老包带去做绝育手术。对于一只公猫来说，一周岁是比较合适的绝育时间，如果太小的时候绝育，会影响其泌尿系统的发育。

把老包带去宠物医院，兽医给老包检查后，说老包如果要做绝育手术，常规的剥皮取蛋不能解决问题，需要一个比较复杂的手术。

"为什么？"

"因为它有隐睾症。"医生拨开老包的蛋蛋，说，"你看，它这里只有一个蛋，另一个应该是藏在体内了，需要麻醉后剖开取出来。手术比一般的绝育手术要复杂得多，有一定的风险。"

我呆了。医生看我犹豫不定，说："你先考虑一下吧。这个隐睾尽快取出来比较好，不然在体内极有可能会形成癌变。"

我默默点头，提着笼子走出宠物医院，打网约车回家。

很快，车来了。司机是个长得高高大大的汉子，车辆也拾掇得干净整齐，我不由得有点儿不安，毕竟不是每个人都能接受小动物上自己的车。担心对方会嫌弃老包，我一上车便主动与司机聊天，使出老记者的技术与司机谈论了各种话题，尽量迁就对方，并表示完成行程后一定会给他一个五星级的评价。

在我小心翼翼的努力下，司机并没有对老包表现过明显的不满或讨厌。我心里松了一口气，不禁有点儿小得意，以为是自己的努力收到了成效。

到了小区门口，司机把装在笼子里的老包从后备厢里拿出来。然后，神奇的一幕发生了：司机蹲在路边，对着老包细声软语地说起话来，时而喵喵呢喃，时而挤眉弄眼、哈哈大笑，只差把老包抱在怀里叫宝宝了。

我不由得笑了："你也喜欢猫？"

那汉子可怜巴巴地说："一直很喜欢，不过老婆不喜欢，不让养。"

哎呀，原来遇上猫奴了，害我白赔了半天的小心！

怎样照料生孩子的猫妈？

根据我养猫数年的经验，我总结，猫怀孕的周数刚好是九周，即六十三天。怀孕六周左右，猫妈就会有意识地寻找隐蔽、安全的地方，为生产做准备。如果主人提前介入，会让猫妈更有安全感，它也会对主人更信任。

首先要给猫妈准备一个足够大的纸箱，纸箱上面封顶，正面开一个半圆形的口子，既能让猫妈随便出入，又能把幼小的小猫拦在里面。准备好纸箱后，在里面铺上一层洗干净的旧衣服或毛巾，这就是猫妈的产房了。

猫妈从交配之日起满八周后，主人就要多留意猫妈的动静了。如果猫妈长期卧在产房里不出来，产道有分泌物，那就是准备生产了。每只猫妈都不一样，有的猫妈生产时喜欢主人在旁边陪着，有的猫妈却不愿意被人打扰，那就要根据实际情况处理。

我家的母猫与我较亲近，它们生孩子的时候会特别黏我，对我恋恋不舍，从行动可判断出它们希望我陪着生产。对于那些对人类明显带着防备心理的猫妈，主人也要尊重产妇的意愿，把纸箱移到相对安静的房间里，让它安心地生产。

在猫妈生产前夕或生产期间，可以煮鸡蛋给它吃，补充营养。这个要看实际情况，因为有的猫妈在生产时只吃胞衣，对别的东西不感兴趣。胞衣是猫妈获取营养的最直接的途径，猫妈在吃胞衣的时候最好不要阻止它。

另外，有的猫妈在生第一胎时因为缺乏经验，会出现不知所措的状况，甚至会长期忙于舔干净身上的污迹而疏于照料小猫咪，这个时候主人就要主动协助了。比如撕开胞衣让小猫出来，或者用消过毒的剪刀剪断小猫的脐带，把小猫放在猫妈胸前，让猫妈慢慢适应自己的新角色。尤其是在寒冷的冬天，如果猫妈不抗拒，主人要尽量陪伴在旁边，必要时为猫妈提供帮助，比如把弄湿的小垫子换成干净的毛巾被，或者及时清理污迹等，好让猫妈与小猫更舒适。

健康的小猫一生下来就会自动寻找妈妈的奶头，同样，健康状况良好的猫妈一产下小猫就会有丰富的奶水，因此不必太担心。

如果猫妈长时间生不出孩子，那极有可能是难产，必须送往宠物医院助产。猫没有九条命，一旦难产，猫妈跟人类母亲一样脆弱。

20 一次痛苦的抉择

为了预防老包与众女眷发生乱伦事件，我们把老包关进了一个铁笼子里。老包对这个安排显然很不满意，它闷闷不乐地在笼子里转来转去，发出类似小时候向母猫撒娇的声音，颇有点儿讨好人的意思。

我坚决不心软，执行监禁的纪律非常严明，只是偶尔会把老包放出来溜达一下，一旦发现它有情欲勃发的企图，便立即把它抱进铁笼子里关好。

对于身陷囹圄的老包，大喵、嘀嘀和西瓜皮并不甚同情。它们嘻嘻哈哈地看着关在笼子里坐卧不安的老包，既不伸出援手，也不安慰一番，看过热闹后便各自散去。

人情冷暖，不外如此。

某天，我突发奇想：人类有不孕不育症，老包既然只有一个蛋蛋是正常的，说不定它也患了不孕不育症！如果是这样，那我把它关起来岂不冤枉？

于是，我把老包放了出来。

重获自由的老包初衷不改，对家中一众女眷依然"性趣"高昂。我抱着"放长线钓大鱼，看你能唱出什么好戏"的心态，没有阻止老包的不轨行为，打算不到最后关头决不出面。

猫需要人陪吗？

需要，但这个需要是以猫的需求为准。当它们想跟你玩的时候，它们会主动找你，主动要求你抱抱抚摸举高高；当它们不想跟你玩的时候，它们会躲到一个你找不到的地方，这个时候你最好不要打搅它，否则它会不高兴。

然后，我期待的一幕出现了：老包骑在西瓜皮的身上，只是嗷呜大叫，始终不得要领，最终从西瓜皮的身上滚了下来。不能尽兴的西瓜皮恼羞成怒，伸出爪子狠狠地拍了老包两掌，老包惨叫着落荒而逃。

虽然有点儿不厚道，但我还是高兴地笑了，并把这个消息告诉了家中的所有成员，认为这是上天最好的安排。然而，我高兴得太早了。

某天，我在喂猫时，发现老包没有像往常那样冲过来"双抢"。双抢是我给老包总结出来的吃饭特点，一是抢占有利位置，二是抢吃猫粮。虽然我家的猫粮一向供应充足，但猫们可能认为刚放出来的猫粮是最好吃的，所以每次我喂猫时，它们都会争先恐后地抢食。

老包去哪儿了？我找遍了所有的房间，还上天台找遍了每个角落，甚至连花丛中都一一拨开看了，都没有发现老包的踪影。后来，我隐隐听到某个角落里传来若有若无的哼哼声，循声而去，发现老包躲在猫厕里。

它四脚跨开，尾巴耸起，从动作来看显然正在努力地做一件事，双眼瞪得又大又圆，很认真的样子。

"老包，你在干什么呢？"

我摸了一下它的尾巴，它并没有回避，反而把尾巴更高昂地抬起来了。这下我看清了，尾巴底下撒尿的器官此刻已然涨大、微红。

老包撒不出尿！我心里一惊，马上想起了一年前去世的老虎。老虎已去世一年多了，但每当想起它，我依然会控制不住地流泪。这种痛，没有养过宠物的人很难理解。我想得最多的片段是我在洗澡的时候，老虎守在外面等我；我在卫生间看书的时候，老虎蹲在卫生间里默默地陪伴我。

我怀念的不只是老虎，还有那段相依相伴的日子啊。

我把老包从厕所里抱起来，把它放在地板上，轻言细语地安抚了它一番。像是明白了我的意图，老包马上就在地板上摆开马步，做出一副努力尿尿的样子，但始终无法如愿。到后来，它的腿都僵持得有点儿发抖了。它恼怒地低吼了一声，站起来跑进了客厅里。

看着它蹒跚而行的背影，我的心沉了下来。

一定不会是真的，老包不会撒不出尿，这只是暂时的，它一会儿一定能撒

愚蠢的人类！
——来自喵主子的藐视

养猫之前应该做什么准备？

养猫前必须做的准备工作就是吃喝拉撒。吃喝自不必说，猫粮和水是硬件。而拉撒，则是猫沙盆和猫沙。还要准备一把小铲子，用来铲猫排出的粪便，所以养猫的人喜欢自封铲屎官。另外，还要为猫准备一个猫袋或笼子，搬家或带猫打预防针时用。

怎样给猫剪趾甲？

性格温顺的猫，直接抱着就可以剪了。若是遇到不好相与的猫，则需要边哄边剪，剪后给它打赏一点儿罐头之类的，长久或会形成良好习惯。有的人特意把猫带到宠物店剪趾甲，其实没有必要。猫趾甲的生长与代谢速度都比较快，如果猫不喜欢剪，不剪就是了，反正旧甲很快就会脱落，长出来的新甲依然锋利。

妈，我觉得我不是狗……

为什么要拿绳牵我？

好吧，有牵绊的感觉也不错。

出来，我在心里安慰着自己。

正胡思乱想间，我发现老包又疾步走进了猫厕。我屏住呼吸，紧张地注视着老包。然而并没有奇迹出现，老包依然尿不出来，它更加恼火地低吼着，也不知道在骂谁。

整个上午，老包都在不断地重复着上厕所、失望离开、再返厕所的动作，但是一滴也没能尿出来。我明明记得前一天还看见它在猫厕所里撒尿的，没想到一夜之间便成了这个样子。我又惊又怕，拿了一些利尿的药硬塞进老包的嘴里，但情况一直没有好转。

整个上午、中午，我都陪着老包，在无数的希望中失望，又在失望中重燃希望，但老包依然没有如我希望的那样排出尿来。下午，我决定带老包去看医生。医生把老包抱上桌子，按了一下肚子，说："它已憋尿了，需要插尿管导尿。"

我心里一凉，哀求："有没有其他的办法？吃药或打针都可以的。"经历过老虎的事，我知道导尿只是权宜之计，治标不治本，因此我不想给老包选择同样的治疗手段。

"必须导尿，此外没有办法。"医生不容置疑地说。

医生把老包抱进手术室导尿。幸亏憋尿并不严重，不多时，医生便带着老包出来了。医生说它的尿管中冲洗出来一些脱落的组织，也从中检测出了精子，可见老包是因为发情导致肿胀，以致堵塞了尿道。

"那怎么办？"

"为它做绝育手术吧。"医生建议。

"可是，做了绝育手术也无法保证尿道不堵塞啊。老虎做了绝育手术，还不是那样……"老虎以前也是在这家医院看病的，情况医生都清楚。

"那也没办法，这种病在公猫中是常见的。公猫的尿道比较狭窄，相对来说是比较容易堵塞。"

"如果做尿道改造手术，能不能根治？"

医生思考了一下，老实地说："那个手术费用比较大，风险也很大，猫有可能死在手术台上。"

我沉默了。

"其实事情并没有你想象的那么严重，我给老包开一些营养品，你按时给它吃，可以避免尿道堵塞。"

此后，老包一连打了两天吊针，这个病算是好了。每天，我都按医生的吩咐给它喂食保护尿道的营养品，看着它渐渐恢复活力的样子，我心里别提多高兴了。

然而，我高兴得太早了。

过了十天左右，我惊恐地发现，老包又蹲在厕所里一动不动了！我不敢相信自己的眼睛，盼望一切只是自己的错觉，然而，这是真的。

老包旧病复发了，它一滴尿也尿不出来，不断地去厕所，又不断地失望而退。它每一次恼怒的闷哼，都如重锤一样敲击着我的心。我心惊肉跳地看着它，希望它能突然给我带来意外的惊喜。

但是，没有。

整整一天，它都没能尿出来。

怎么办？又要去插尿管？插一次尿管，加上各种消炎药，花费将近千元，而且只是权宜之计，绝不了后患；如果做绝育手术和尿道改造手术，花费近万元，而且医生说风险极高，如果老包承受过剖肚割肉之痛后离开了这个世界，我怎么忍心？

我在犹豫，怎么办？

花费近一万元给猫做手术，对我们来说并不轻松。我和狗豆都是"农二代"出身，父母都没有社保，平时生活需要我们供养，还有狗宝读书的费用、养猫的费用……这种"上有老、下有猫"的生活，开支真不少，所以这些年来我们一直过得很节俭，除了买书，我不记得我什么时候奢侈过。

而且，医生说了，花了钱也不一定能解决问题。动手术期间，猫有可能死在手术台上，这是我最不能接受的。

我走到老包面前，伸手摸它的脑袋："老包，要不，咱们放弃吧？"

它瞪着一双大眼睛，默默地看了我一眼，然后就急急地冲去厕所了。我更难受了。也许它根本没有听懂我的话，而我却忍不住认为它知道我不会再救它了，所以必须自救。

到了夜晚，老包终于不再频繁地跑进厕所了，或许它也已经死心了。它躲在角落里，微眯着眼睛，默默地想着心事，像是睡着了。但当我走近时，它会睁大眼睛默默地看着我，像是看透了我的内心深处。

我的泪水决堤而下。

"对不起，老包，我不能救你了，你能原谅我吗？"我把脸贴近它的脑袋，它毛茸茸的脑袋抵在我的下巴上。它没有像平时那样挣扎，也没有用爪子推开我，只是默默地靠在我胸前。

我的泪水一滴滴地滴落在它的脑袋上，又顺着毛发流了下去。它伸出舌头舔毛发上的泪水，一双眼睛若有所思地看着我。

它从没有这么依赖过我，可是我已经决定了放弃它，放弃它的生命，放弃与它朝夕相处的所有日子，放弃一切的可能。

我放声大哭。

这注定是一个不眠之夜。哪怕恍惚入了梦境，梦中我也是浸泡在泪水中。

除了流泪，似乎再也没有别的办法了。在半梦半醒之间，我甚至想，如果我就这样睡着了，不再醒来，未尝不是一件好事，起码不需要我再做任何抉择了。

此前，我与狗豆和狗宝商量过，他们说，救不救老包由我决定，不管我做什么决定，他们都无条件服从。

我的一念之差，决定着老包的生死存亡。于我而言，这个负荷实在太大了。老虎的去世，已经给我带来了极大的心理创伤，夜深人静时想起它，我仍然会忍不住落泪。但是，作为一个女儿、一位母亲，我对父母有赡养的义务，我对女儿有供书求学的义务。耗费巨资给猫做一个胜算不大的手术，这不是一种理智的行为。

可是，老包是我养的猫啊！我不救它，它会死，我会永远失去它，我有可

175

能会一辈子活在内疚与后悔中……我不断地自我安慰，又不断地自我谴责。

凌晨，我打开房门走出去，老包卧在沙发底下，一动也不动。我心里一沉，慢慢地走近它。它就那样静静地卧在那里，没有痛苦，也没有挣扎……也许已经离开这个世界了。

我心头大恸，放声大哭："老包，对不起啊！"

老包突然睁开了眼睛，默默地看着我。

啊，老包还活着！我像疯子一样把老包抱在怀里，又哭又笑。它没有反抗，乖乖地看着我。

"老包，要不我们去医院吧？"

它依然静静地看着我，过了一会儿，它伸出舌头舔我的脸。我不知道它到底听懂了我的话没有，但一向高冷的它竟然主动对我表示亲近，这让我更觉难过与内疚。

但是，一想到去医院，我就不得不考虑更多的问题了。老包憋尿这么久了，我担心它已转化成了尿毒症，后续的尿道改造依然难以得到妥善的保证。到底救不救？我又犹豫了。

其实我一直是个优柔寡断的人，我常常信奉各种世俗的道理，比如长痛不如短痛之类的。我老是盼望能有一种一劳永逸的办法，可以解决一切问题，所以做事不果断，就算当时决定了，过后也有可能会后悔。

一直没有明确表态的狗宝说话了。她说："妈妈，如果我是你，我会救老包。老包那么好看，救了它，它会给我们带来很多快乐。虽然救老包要花不少钱，但这可以成为你努力工作的动力啊。"

"可是，老包憋尿这么久了，我担心它已经不行了。"

"你又不是医生，你怎么知道老包不行了呢？现在老包还会动啊，你再拖着，恐怕真的来不及了！"

十五岁的狗宝，说话已是一副大人的模样。

自以为理智的我被狗宝的话惊醒了。一直以来，我都是一个有计划有打算的人，尤其是从事新闻行业，习惯了在采访前预设很多问题。我的职业理想与规划一直按我预期的方向在前进，从报社辞职后，我的理想是做一个出色的编剧。在编剧的道路上，我走得并不顺畅，可以说异常艰难，但我一直在努力。我对自己的事业如此执着，为什么在老包这件事情上，却轻易地替它放弃了？

是因为我太累了，不想再折腾了。工作上的事已经耗尽了我的心力，所以我不愿意在其他方面再过多付出了。

这才是问题的根源所在，我痛哭，我流泪，是因为我无法直视自己一直在回避的现实，无法审视自己性格中的缺憾。

我此刻终于明白了，老包能活多久就活多久吧，我能做的就是尽自己最大的努力去救它。至于它能活多久，它未来会不会旧病复发，那不应该是我现在要考虑的问题。过分执着于未来，往往过不好现在。

想清楚了这一点，我不再纠结，立即与狗豆一起把老包送去了医院。

你瞅啥？

21 伤员老包的康复之路

医生一见我和老包，便惊讶地说："这么快又来了？"

"快快，老包可能不行了，请立即给它插尿管吧！"我把老包已憋尿将近两天的事情告诉了医生，让医生迅速给它导尿。

老包趴在笼子里，与在家里时的萎靡不振完全不一样。它睁大着一双眼睛，炯炯有神地看着我们，也不知道是不是在为自己即将得救而高兴。

医生笑了："不用急，看它挺精神的，应该没有大事。"

我快哭了："它熬了这么久，有可能是回光返照啊，快给它导尿吧。"

估计是看见我眼圈红了，医生立即与同事带着老包进了手术室。

我坐在医生的办公室里，陷入漫长的等待。

时间越长，我越不安。我记得上次给老包插尿管，才用了二十分钟左右，现在都过去半小时了，是不是老包出事了？我用手机搜索着猫尿不出的种种危害，各种不好的设想纷至沓来：难道，老包的膀胱已被撑裂了？难道，老包有生命危险？一切都是我的错啊，如果我当机立断，早点儿带它求医，就不会发生这种事了！

正在我胡思乱想的时候，医生的助手出来了，手中拿着一个透明的一次性杯子，里面是红色的液体。

"这是老包导出来的尿，都这种颜色了。憋尿时间较长，对身体造成了一定的损害。"

"老包现在怎么样了？"

"看上去精神不错。医生还在手术室里给它冲洗膀胱，应该没有大问题。"

我松了一口气，一颗吊在半空的心终于落到了实处。

过了没多久，医生就带着老包出来了。像上次一样，它插上了尿管，脖子上戴上了伊丽莎白圈。也许是因为医生及时为它解除了憋尿的苦楚，此刻它的精神看上去确实不错。我把手伸进笼子里摸它的头，它主动把脑袋凑过来让我摸。

我百感交集，老包，我差点儿失去你了。

医生告诉我，冲洗老包的膀胱时，没有发现沙子或晶体，但可触摸到一些软绵绵的细小组织，估计是膀胱的内膜脱落导致尿道堵塞，原因与上次一样——发情。

看来不能再拖了，我决定待老包休养好就给它做绝育手术。向医生了解了更多的细节后，我更加确定了这个想法。

按照医院的流程，导过尿的公猫通常要打三至五天的吊针，整套疗程下来得花一千多元。如果住院，花费更大，但如果不住院，每天来回接送耗时费力。我决定不跟着医院的流程走了。

　　我很坦率地跟医生说了自己的想法。我说老包后续的手术需要花费不少，因此我决定不给老包打吊针了。但我希望他能给老包打消炎针，然后开些对病情有帮助的药。家中的环境更安静更卫生，我把它带回家照顾更有利于它的康复。医生听了我的想法后，表示可行，给老包打了两支针，又开了一些消炎药。

　　这对于我来说，已是很大的突破了。以前，不管带老虎还是老包去求医，我都不好意思拒绝医生的安排，担心人家说我养了宠物又不舍得为宠物花钱，一整套检查、打吊针下来，往往花费不少，导致我越来越怕带宠物去医院。

　　我也曾与不少宠物主人聊过，担心花费太大是很多宠物主人在宠物得病的时候放弃它们的主要原因。人与人之间的算计，最终危害的却是无辜的狗猫。

　　我不想成为那样的主人。我想明白了，科学、合理地救治才应该是我们养宠物的态度。当宠物有病的时候，我带它看病，在我力所能及的范围内为它提供医药；如果我力有不逮，那么我愿意用别的办法解决难题。比如我在经济上和时间上都不能允许天天带老包打吊针，但是我可以选择给它喂药，疗效是一样的。

　　宠物医院作为营利性商业机构，当然巴不得宠物的主人都按照他们设定的程序来，毕竟这样他们能得到更多的经济效益。但是，当我坦率地说明我的想法后，医生也会尊重我的决定。

　　现在，我面临的难题是，如何把消炎药喂进老包的嘴里。

关于喂药这回事，我家的猫中，大喵是最让人省心的。不管什么药，只要用手掰开它的嘴，它就会乖乖地吞进去。有时候它不愿意配合，只要我把声音提高，语气稍微严厉一些，它就会放弃抵触，立即配合。

嘀嘀与西瓜皮虽然没有那么好相处，但也不是完全不可以商量，只是花费的时间长一些。老包就完全不一样了，想把药塞进它的嘴里，几乎是不可能的事。我以前曾经试过给它喂食维生素，生生被它咬破了拇指，痛了好几天。

我把情况跟医生说了，向他讨教该怎么办。

医生笑了："不碍事，这种消炎药是仿猫粮制的，没有异味。你把药混在猫粮中就可以了，老包会不知不觉地把它当成猫粮吃掉。不过，老包憋尿导致膀胱渗血了，可能会影响食欲，这两天不一定会吃猫粮。"

"那怎么办？"

医生拿出一根去掉了针头的针管，说："你把药片磨碎了，放在水中溶化，通过针管把药喂进去，老包会当成水喝掉。"

"不知道它愿不愿意配合。"

"会。"医生笃定地说，"今晚它会很渴，你要用针筒给它喂水，大概一小时喂一针筒水。喝水越多，排毒越快，有利于老包的康复。"

接着，医生用针筒当场示范给我看，把针筒从老包嘴角侧边的牙齿塞进去，然后推水。说来也怪，老包竟然很配合地伸出舌头不断地舔水。我更有信心能照顾好老包了。

从医院回来后，老包一直在沉睡，而导尿管导出来的尿一直是深红的血色，我的心又开始吊起来了。

但是我知道，越是这种时候，我越不能消极。在自己力所能及的范围内，积极地为老包提供最好的护理，是我此刻最应该做的事。这样做，虽然我不敢保证能让老包完全康复，但起码在未来的日子里，我不会因为自己的不尽力而心怀愧疚。

在老包这件事上应当如此，在其他的事情上，又何尝不应如此？

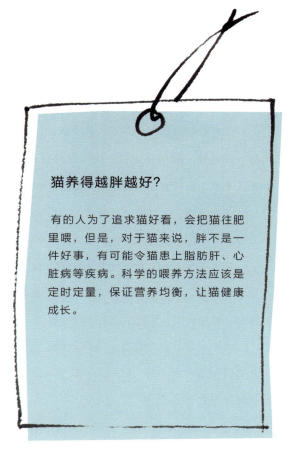

猫养得越胖越好？

有的人为了追求猫好看，会把猫往肥里喂，但是，对于猫来说，胖不是一件好事，有可能令猫患上脂肪肝、心脏病等疾病。科学的喂养方法应该是定时定量，保证营养均衡，让猫健康成长。

担心家中的自来水是"硬水"，我特意去买了两瓶蒸馏水回来。我把药片细细地压成粉，用蒸馏水调开后，吸进针管中，小心翼翼地把针管塞进老包的嘴巴。正如医生所言，老包真的很口渴，它马上张嘴，伸出舌头舔针管里射出来的水，两秒不到，就喝光了一针管水。

整个晚上，我几乎是掐着时间给老包喂水的。不管睡得多么沉，老包一发现我伸针管过来，就会马上睁开眼睛看我一眼，然后顺从地喝水，喝完水又看我一会儿，才闭上眼睛睡觉。

乖得像个小孩。

或许在老包的意识中并没有"乖"的概念，它的一切行为都只是求生的本能，只是我一厢情愿地将此视作老包对我的信任和依赖。但我依然深受鼓舞，乐此不疲，担心它不吃猫粮，又把猫粮碾碎，溶解在蒸馏水中给它喝下去。

根据医嘱，我得时时查看导尿管，如果感觉导尿管不畅，得马上采取措施。老包一直躺在那里看我处理，不反抗也不躲避。

夜深人静，我无数次走到笼子前唤醒老包，无数次给它喂水，也无数次默默地凝视它。有时候，它甚至主动凑过来让我摸它的头，把身子靠在我的手上摩擦，就像大喵与嘀嘀跟我撒娇时一样。

我暗自想，我也算是老包的生死之交了，经历过这件事，老包对我的感情是否会更进一步？我们以后的人猫关系是否会更加融洽？当然，事实证明，我把猫想得太简单了。

第三天早上，当我把针管凑近老包时，它竟然一口咬住针管嗷嗷大叫，中气十足，看来恢复得差不多了。我忙把针管里面的水压出来，它一口气喝光了水，然后便拿脑袋撞我，意思是想出去。我忙拦住它，并伸手检查它胯下的导尿管。谁料它很警惕地躲开了我，不让我摸。但是，我不能不检查啊。我干脆把它抱起来，它奋力挣扎，四脚齐蹬，张开嘴巴要咬我……

我们的生死之交呢？我们的患难之情呢？我对老包大失所望。真是好了伤疤忘了痛，一只没良心的猫！

但是它不仁，我不能不义呀。毕竟我是高等动物，不能与老包一般见识。我只能这样安慰自己，把老包送去了宠物医院。因为我发现它的导尿管被堵住了，虽然医生教过我疏通的办法，但以老包目前的状态，我完全没有把握能处理好。

医生检查过后，认为老包恢复得还算可以，又给开了消炎针。两天后，我为老包拔掉了尿管，但后期的康复还需要付出更多的精力。

至于我和老包的关系，唉，别提了，已经打回原形了，不能摸不能抱，一凑近就嗷嗷叫。

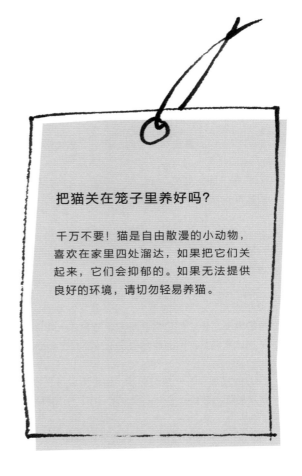

把猫关在笼子里养好吗？

千万不要！猫是自由散漫的小动物，喜欢在家里四处溜达，如果把它们关起来，它们会抑郁的。如果无法提供良好的环境，请切勿轻易养猫。

幸得上天眷顾，家人亲朋一直善待我，这世上伤我最深的，就是这只不知好歹的猫了。

猫怕冷怕热吗？

前几天上网，看见有人在网上问："猫怕热吗？"

有人在下面回复说，猫怕冷，不怕热。怕热的是狗，狗一热就会伸长舌头散热；猫跟狗不一样，猫趴在地上就可以散热了。

听起来似乎有理有据，然而我对此仅想评价四个字：胡说八道。

事实是，猫不但怕冷，更怕热。

众所周知，在寒冷的冬天，猫是非常怕冷的。虽然它们本身披着一层厚厚的或长或短的毛发，但它们依然会想方设法寻求一切能御寒的办法。厚厚的棉被和轻柔的垫子都是它们喜欢待的地方，在干冷的北方，暖气片则是它们最喜欢靠近的地方。

南方的猫没有暖气片可取暖，但也不会"坐以待寒"。我记得小时候，我妈不允许家里的猫上床睡被窝，猫竟然想出了一个很特别的办法——钻灶洞。

灶洞就是家里的灶膛，农家烧火做饭的地方。灶膛是有炭火的，炭火正旺的时候钻当然不行，灶膛冰冷了钻也没用，所以什么时候钻灶膛才能保暖是很有讲究的。我家的猫似乎很懂得当中的门道，要等到炭火刚熄而灶膛正温热的时候钻进去，刚刚好。

那窄小的灶膛，那温热的炭灰，就是猫的安乐窝。在我小时候的冬季里，我家的猫就是这样度过寒冷的漫漫长夜的。第二天一早，我妈烧火做早餐，刚把柴草点燃塞进灶膛里，被火苗惊醒的猫便会慌不择路地从灶膛里蹿出去，一时间火苗四散，人猫皆惊。

每每此时，我妈便哭笑不得，对着猫好一番责骂。而猫怕被责打，只好躲进角落里疗伤。从灶火中冲出来的那一刻，它的胡子甚至毛发都被火苗舔舐过了，只剩下光秃秃的毛根。

所以，我小时候的冬天里，我家的猫是没有胡子的。

现在，我给我家的猫大爷们买了松软的猫窝，一到冬天就拿出来给它们用。它们也很乐意接受我的安排，或独自盘踞在小猫窝里，或两个三个挤在一个大猫窝里，总之，平时关系再不好的猫男女们，到了冬天就会不计前嫌地挤在一起睡。似乎它们也懂得，抱团取暖好过冬。

猫的怕冷程度，由此可见一斑。

猫怕冷，并不等于它们不怕热。"热得合不拢嘴"，是我们家用来形容猫怕热的样子的——猫跟狗一样，也会伸长舌头散热，有时候还会发出"略略略"的声音，表示自己热得快受不了了，还会气喘急促，比起狗的怕热程度有过之而无不及。

一到夏天，除了为猫们准备更多的饮用水，我们也尽量让它们待在空调房里，一起享受现代科技带来的好处。而猫这种生物，又普遍不是安分守己的性子，虽然也很喜欢待在有空调的房间里，但总是忍不住打闹，不是把我房间里的书的封面咬破了，就是用爪子把床单撕开几道口子，惹得我烦了，只得又把它们全部轰出去。

它们被赶出去也不恼火，就那样随意地卧在房间门口。你以为它们在生气吗？才不是。它们知道门缝里漏出来的冷空气凉快得很，卧下去正好睡觉。

第二天醒来，打开房间门，必须得小心翼翼地走出去，门外横七竖八地躺着几只猫呢。

22 一个吃货的智慧

嘀嘀是我家最馋的猫。

馋到什么程度？举个例子，在它一个月大的时候，我们教它用猫厕所。别的小猫都在猫厕所中兴高采烈地玩猫沙，而它却张开大嘴一头埋进猫沙里。当我发现事情不妙，把它抓起来时，它已经吃进了满嘴的猫沙。

这段吃猫沙的经历，拉开了它作为一个吃货的序幕。

嘀嘀两个多月大的时候，某天，我买了两块蛋糕回来，是两块绿茶蛋糕，狗宝特别喜欢吃。我们家有时候会相互搞搞"意外惊喜"的把戏，我觉得，当狗宝放学回来，看到桌子上放着两块绿茶蛋糕时，一定会喜出望外。

狗宝一定会想："天哪，我妈真好，我妈是天下最可爱、最善解人意的妈了。"

猫需要买玩具吗？

猫的性格像孩子，它们确实需要玩具。但猫是一种很聪明活泼的动物，它们会因地制宜地自行在家里寻找各种可以玩的东西。也正因如此，它们对任何玩具的兴趣都不会持续太久——从这个角度来说，买玩具其实并没有太大的必要。当然，不差钱者可以忽略这个建议。不过，强烈推荐购买猫抓板。猫喜欢磨爪子，如果没有猫抓板，它们就会乱抓书本或家具。

外星人？谁是外星人？

我是路由器！
头上两根是天线！
Wi-fi 有没有满格？！

189

这简直是孩子能给当妈的人的最高评价呀！我乐滋滋地想，怀着一种"事了拂衣去，深藏功与名"的谦虚精神，跑到楼上写稿去了。

可是，我的一双耳朵始终竖起来，倾听着楼下的动静。

楼下传来了开门的声音，是女儿放学回来了。很快，她会看到桌子上放着的绿茶蛋糕，她会欢呼着起舞，甚至拿着蛋糕冲上楼来感谢我，我嘴角绽起一丝笑意。越是这样我越不能骄傲，毕竟亲子关系的经营也是一门学问呢。我要做一个只问耕耘不问收获的母亲，我要言传身教，让女儿体会母爱的无私与伟大。

可是，楼下没有任何动静。

难道，狗宝还未看到蛋糕？不可能，她如果回房间做作业，一定会绕过桌子看见蛋糕的……嗯，也有可能是狗宝看到了，也感受到了母亲的慈爱，只是不好意思向我表达感谢？

极有可能。狗宝不是小孩子了，是个有主见有想法的少女了，不可能像小时候那样抱着我说好喜欢妈妈了。也许她要找一个合适的时机再说？好吧，狗宝，如果你喜欢这么内敛低调的相处方式，那我配合你就是。

可是，直到吃晚饭，她都没有提这事。而且看她的样子，食欲还挺好，一口气干掉了一碗米饭和一个大鸡腿。我只能感叹少女的胃口真是好得惊人。

我心里隐隐生起了失望。两块蛋糕她自己悄无声息地吃掉了就算了，连一句感谢都没有，太不应该了！现在的孩子啊，总是习惯了父母的付出，太自私了！

我决定要跟狗宝好好地聊聊人生了，包括我们生存在这个世界和这个社会里的意义。

但是，考虑到狗宝明天六点就要起床上学，我还是决定长话短说，单刀直入："狗宝，绿茶蛋糕好吃吗？"

"绿茶蛋糕？我喜欢呀！"

"所以你就全部吃掉了？"

狗宝莫明其妙："你买了绿茶蛋糕？我没吃呀，在哪里？"

我指着桌子："放在这里的呀，不是你吃的？"

狗宝摇头："我没有看见绿茶蛋糕。"

狗豆忙摇头："我也没有吃。"

我围着桌子转圈圈："奇怪，我买回来就放在桌子上的，哪里去了？"

狗宝突然惊叫起来："我记得了！我回家的时候，看见地上有一堆绿色的东西，嘀嘀正在吃。"

"其他的猫有吃吗？"

"没有，只有嘀嘀在吃，大喵和西瓜皮在一边看。我以为是你新买回来的猫奶糕之类的。后来我怕自己会踩到，就拿猫碗装好了。"

我哭笑不得："那是我给你买的绿茶蛋糕！"

狗宝哭丧着脸："真的吗？"

"当然是真的，用蛋糕店的袋子装着的！"

狗豆从茶几底下拾起一个破烂的袋子，仔细一看，可不正是蛋糕店的袋子！

狗宝把嘀嘀抱过来，我们一家三口对它展开了三堂会审。可是疑犯一点儿也不害怕，睁大一双贼溜溜的眼睛无辜地看着我们，气焰极为嚣张。

"说，是不是你偷吃了姐姐的蛋糕？"

"怪不得晚饭时你没缠着要肉吃，原来是吃蛋糕吃饱了！"

"算了，骂它它也不懂，看它的样子怪可怜的，放了它吧。"毕竟是一天天亲眼看着长大的猫，狗宝心软了。

既然苦主都不计较了，我们自然也没有必要再追究。从那天起，嘀嘀多了一个外号——"馋猫"。也从那天起，我家的零食（水果除外）不再放在桌子上了，必须要藏在狗宝的房间里。

蛋糕事件不久后，又发生了一件事，这件事令嘀嘀坐实了"家里最馋的猫"的称号。

那天，狗豆从外面回来，买了一兜鸡蛋。那兜是丝绳织成的网状袋子，超市常用来装鸡蛋或高档水果，挺轻便的。狗豆把那兜鸡蛋放在桌子上，就进厨房做饭去了，想等有空的时候再把鸡蛋放进冰箱的蛋格里。

我从楼上下来的时候，看见嘀嘀站在桌子上对着那兜鸡蛋东瞧西看，偶尔还伸出嘴巴去咬，也不知是咬网兜还是咬鸡蛋。我暗笑，蛋糕你可以吃，这鸡蛋是有壳的，你总没有办法吃了吧！

几乎就在同时，嘀嘀突然伸起爪子朝那兜鸡蛋拨去。

我甚至来不及发出一声惊叫，那兜鸡蛋就已经落在地上，瞬间蛋汁四射，流了一地。

面对气急败坏地从楼上冲下来的我，还有闻声从厨房里冲出来的狗豆，嘀嘀略感惊讶，但很快便被地上的鸡蛋汁吸引，欢快地舔了起来。

"不能让嘀嘀吃生鸡蛋，会生病的。快，拿盆子来装好这些蛋汁，煮熟给它吃。"我提醒狗豆。

当天晚上，狗豆炒了满满一盆子鸡蛋，打算放在冰箱里给嘀嘀吃。后来看网上说猫吃太多蛋不好，只给它吃了两顿就倒掉了。

你看这个世界多不公平，做坏事的反而得到了好处。

什么叫恃宠而骄？这便是。

"你不过就是仗着我疼你，才肆意伤害我。"这句烂俗的对白恰恰也正是我想对嘀嘀说的话。

你看，从这个角度来说，烂俗偶像剧还是有存在的必要的。它虽然不是那么接地气，但在某些时候，它还是能反映一些社会现实问题的嘛。起码在此时，它准确无误地表达了我对嘀嘀的感情。

每年的秋天，我家都会晒一些腊肉，这项工作主要由狗豆负责。这个主要，是相对于我的"次要"来说的。其实，腊肉的制作过程，从买肉、洗肉、腌肉、晾肉再到晒肉，没有任何一个环节与我有关。但是，我确实担负着一个很重要的"次要"责任。

干啥？看猫。哦，不对，是看肉。好像也不对……好吧，其实就是预防嘀嘀偷肉吃。

秋高气爽的时节，天台上黄灿灿的菊花开得正好，一条条肥瘦适中的五花肉挂在竹竿上，秋日的阳光如同催化剂，使之渗出晶亮的油，和煦的秋风轻轻

地吹过，裹挟着腊肉的香味扑鼻而来……这简直是一幅神还原的原野牧歌图，是困于建筑森林中的现代人梦寐以求的生活。

但是，这和谐美好的一幕往往很快就会被破坏。作为全家最馋的猫，嘀嘀从来没有让我们失望过。一有机会，它就站在肉下转圈，物色着最合适的进攻角度，一旦发现没人留意自己，便会迅速地跳起来或站起来咬挂在竹竿上的肉。

本着预防胜于救灾的心态，当天台晒着肉的时候，我们尽量不会让嘀嘀去天台。但有句俗话说"不怕贼偷，就怕贼惦记"，嘀嘀的记性极好，只要天台上晒着腊肉，它就会记一整天，会绞尽脑汁想办法溜去天台偷肉吃。

比如，假装进我的卧室，然后推开卧室的窗跳去天台，这叫围魏救赵；或者趁家里有人上天台晾衣服或收衣服的时候，迅速蹿出去。当然，它不会直奔目标，而是假装喜欢玩的样子，跳进花丛中躲起来，然后趁人不备，直取腊肉，这叫声东击西。

随着我们的警惕性越来越高，防范的措施落实得越来越好，嘀嘀偷吃腊肉的机会也就越来越少了。但我们偶尔还是能在腊肉上发现齿印，也不知道它到底是什么时候咬的。

这些年下来，嘀嘀偷吃腊肉和鱼干之类的坏事，可谓罄竹难书。但后来，我们发现了一件奇怪的事：虽然嘀嘀喜欢偷吃，但对于这些腌制品，它是咬、舔比较多，并不喜欢真吃下去。有一次，我们割了一块它舔过的腊肉给它，它闻了一下，也就走开了。也许它并不喜欢吃腊肉，只是在舔肉的过程中老是被我们阻挠、打断，这反而激起了它的好胜心与好奇心，一定要跟我们对着干不可。

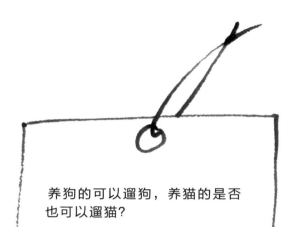

养狗的可以遛狗，养猫的是否也可以遛猫？

一般来说，猫并不喜欢外出，陌生的环境有可能会令猫受惊，大小便失禁，严重者还会导致其他疾病，所以，如非必要，不要带猫外出。但是，凡事有例外，有的猫天性爱热闹，那又另当别论。

也许对于嘀嘀来说，它只是想浅尝一下腊肉的味道，那味道它不一定会喜欢，甚至有可能还会厌恶。就像我们青春期时老喜欢玩通宵，家长越是反对，我们越是坚持。其实我们并没有什么特别的事，只是觉得这样很酷。把腊肉或鱼干按在掌底摩擦，闻闻那或香或腥的味道，可能也是嘀嘀觉得酷的一种方式吧。

从那以后，不管我们吃什么，只要嘀嘀走过来，我就给它闻。如果它表示要吃，我就会给它一点儿，让它试试。

虽然我知道盐和其他调味品对猫的身体没有好处，但料想小量试食应该没有大碍，所以让它试试也无妨。这一举动被狗宝批评过多次，她说我做事没有原则，明明知道是对猫不好的事，还要去做，太纵容猫了。

我纵容猫？

狗宝的话提醒了我，我不由得开始检讨自己的行为。

是的，从某个角度来说，我们对宠物比对自己亲生的孩子还要包容些。

这说明了我们更爱宠物？　并不。这只是说明，我们对宠物的期望没那么多，也没那么高，所以我们能忽略它们的种种缺点；而对于孩子，因为我们要求高，所以苛责也就多了，反而把关系弄得紧张。想清楚了这一点，我觉得我与狗宝的关系还有许多进步的空间。

23 那些猫娃娃

从2012年2月大喵来我家开始，我家养猫六年多了。这期间，大喵生了孩子，有了老虎，有了西瓜皮，有了嘀嘀。后来西瓜皮和嘀嘀又分别生了孩子，我们家就有了若干小猫。

从小猫诞生的那一刻起，我们便有操不完的心，担心它们找不到好的新主人，担心它们在新家不适应，担心新主人没有好好照顾它们……庆幸的是，在我们的努力下，小猫们最终都能找到疼爱它们的主人。

这些小猫中，经历最曲折的要算肥丁了。因为它长得胖乎乎的，又是男孩，我们便给它起了个名字叫肥丁。肥丁是嘀嘀生的孩子，长得圆头圆脑，很可爱，刚出生就被我一个朋友订下来了。原以为肥丁会顺利地去到新家，顺利地开始它在新家庭的幸福生活，可实际上……

肥丁将近三个月大的时候，预订了肥丁的朋友告诉我，他的工作调动了，调到了离市区有数十千米的小城工作，一周只能回来一次。他在小城住的是出租屋，无法养猫，所以不能养肥丁了。

　　既然如此，我们就重新为肥丁物色新主人。然而，找新主人的事并不顺利。一晃又是三个多月过去了，看着肥丁日益长大，我越来越发愁。狗宝说，如果没人要肥丁，那我们就养了它吧。可是，当时我们家已经有大喵、老虎、西瓜皮、嘀嘀四只大猫了，如果再养肥丁，经济负担与"环境负担"都将在原来的基础上增加25%。

　　什么叫环境负担？比如，我家养四只猫，猫日常活动的空间包括楼下客厅、阳台、楼梯，以及天台等，活动范围加起来大约有五十平方米，平均下来每只猫可以有十二平方米的活动空间。如果再养一只猫，那么每只猫平均只能有十平方米的活动空间了。

　　而且，养过猫的人都知道，猫是一种率性而为的动物。猫越多，相互之间的影响也越大，对环境的"破坏力"也会越来越大。每只猫单独待着的时候有可能是安静或矜持的，但一旦聚集在一起，它们就会互相打闹追逐，非要把家里搞得一团糟不可。

　　所以，我们全家人达成了共识，一定要为肥丁找一个新主人。我在网上某网站一个本地的宠物版块发布了关于肥丁的信息。但信息一发布，我的心就凉了半截：那家网站早被各种商业猫贩占据了，他们的广告帖子长期居于网页前列，而我的帖子一发布，就落在了网页的最底端，基本上很少有人会有耐心看最底端的信息。

看来，在网络上为肥丁找主人的路子不可行。

肥丁长得越大，我们越担心它的前途问题。在肥丁将近八个月大的时候，我们觉得为它找到新主人的可能性不大了。毕竟每一个想养猫的人都希望能从小猫养起，这样有利于双方培养感情。

某天，吃晚饭的时候，我们一家三口人、五只猫围着桌子边吃饭边开会，研究肥丁的问题。

肥丁这么可爱又这么笨，去了别人家会受欺负的。家里养五只猫，应该也不算多。既然如此，那我们就把肥丁留在家里吧。我们一致做出了这个决定。

但是，就在当晚，有人打通了我的电话："喂，你好，你家的猫还在吗？我想要。"

对方是一个年轻的姑娘，声音谦和悦耳，说话很有条理，一听就是一个靠谱的人。

"你养过宠物吗？"

"养过，我家有只狗。"

"你家的狗会不会咬猫？"

"不会，不是大型犬。不过我没有养过猫，没有什么经验，猫长大了发情怎么办？你要教教我。"

认真、谨慎，说明她是真的爱护小动物，我心里立即对她产生了好感。如果她成了肥丁的新主人，肥丁会幸福的。

于是我告诉她："公猫大了会发情，一发情就会到处尿尿号地盘，一定要做绝育手术。"

"那怎么办啊？我这里是小城市，不一定有好的宠物医院，你能帮帮我吗？"对方说。

"肥丁现在七个多月大，过段时间就可以做绝育手术了。这样好吗？我先带它去做绝育手术，等它养好伤后再送过去给你。"

姑娘马上答应了，并且发来了给猫做绝育的钱。真是一个有责任心的人，我心中对她的好感又增加了几分。后来，我们带肥丁去做了绝育手术。由于护理得当且营养充足，肥丁不到一周就完全康复了。过了十天左右，我们把肥丁送去了它的新家——一座离我家有一百多千米远的小城。

原来我们还担心肥丁去了新家会不开心，新主人却告诉我："肥丁好乖啊，吃喝都正常，吃饱了就睡。"

我心里隐隐有点儿失望，肥丁这只没良心的猫，完全没惦记我们啊，真是白疼它这么久了！可是转念一想，如果肥丁老是想着我们，不肯吃喝，我们还不是会心疼？算了算了，既然它已经离开我们去了别人家，还是做一只没心没肺的猫吧，这样猫生会比较快乐。

其实人类何尝不是如此？父母辛苦把孩子养大，可是孩子终究要离开父母，开始自己的新生活。父母虽然舍不得，但终究得放手让孩子走。

养猫就像养孩子，也许将来等狗宝长大离家了，我这颗久经猫们摧残的老母亲的心，会变得坚强一些吧。

一般来说，我在猫刚去新家的时候会多问几句，猫适应了就尽量少打搅新

猛虎出林 🐾

猛虎细嗅蔷薇 🐾

猛虎上山 🐾

驾！
我的白龙马！

※ 历尽磨难，
终于到了西天。

筝筝，
好像这才是西边。

🌞 我已经在微笑了，真的。

妈，你确定这个角度
能体现威严吗？

瘦脸模式，谢谢！

摄影师，请注意我
深邃的眼神。
对，不要在意那只手。

主人。如果新主人主动分享猫的趣事，我当然是乐意之至。过了两个月左右，肥丁的新主人告诉我，肥丁现在不吃猫粮了。

我吓了一跳："怎么了？肥丁发生什么事了？"

"它现在只吃牛肉，还有……"她似乎有点儿难以启齿。

"还有什么？"

"生老鼠。"

原来，新主人是开饭店的，饭店大约两三层，新主人把肥丁关在其中一间休息室里生活，原本是挺悠闲的。某个晚上，饭店打烊了，主人正与肥丁在屋里玩，突然外面响起了窸窸窣窣的声音。肥丁立即睁大了眼睛，竖起了双耳，凝神倾听着外面的动静。

新主人知道，这是老鼠在暗中活动。虽然饭店的卫生一直搞得非常好，但老鼠还是经常入侵饭店。就算把下水道都堵住了，它们也能沿着窗台或水管攀爬而至，趁夜深人静的时候，蹿进厨房偷吃瓜果蔬菜，每每防不胜防，主人也大感头痛。

可以说，老鼠是所有饭店的公敌。但饭店出于饮食安全考虑，又不敢施放鼠药。所以，不管多么高档的饭店，对于老鼠都有点儿束手无策。

外面窸窸窣窣的声音越来越大，肥丁突然站起来拍门，这是想出去的意思。

"出去做什么？难道你还会捉老鼠？"主人逗肥丁。肥丁只是静静地看着她，眼里带着恳求。主人心软，刚打开半边门，肥丁已经像箭一样冲了出去。

瞬间，外面便响起了很大的动静。外面没有开灯，整个空间充斥着老鼠的惊叫声。主人只能根据声音判断猫与老鼠之战的盛况：追上了，又放开了，又追，又放……

过了十分钟左右，肥丁咬着一只硕大的老鼠走到房间门口，把主人吓了一跳。不等主人开口，肥丁突然松口，把老鼠扔在了地板上。那老鼠的双眼慢慢地贼溜溜地睁开，突然双腿一蹬，准备溜了！

"哎呀！"不等主人提醒，肥丁突然一跃而起，一双前爪稳稳地按在老鼠的身上，老鼠顿时动弹不得，只好装死。

主人被这一惊一乍吓得半天缓不过劲来，忙拍拍肥丁的头："快把老鼠叼走，我怕。"

肥丁这才满意地把老鼠叼去角落里，吃掉了。

天哪，肥丁会抓老鼠！新主人高兴坏了，打电话向全家人报喜。全家人喜出望外，年迈的老奶奶第二天更是亲自到饭店表扬肥丁："长得这么好看，还这么能干，是好猫啊，千金不换！"

老人家的话从此奠定了肥丁在家中的地位。本来可以靠颜值，它却偏偏要靠本事吃饭，真是让人疼爱啊！

现在的肥丁已经成为饭店的招财猫兼保护神了，每天饭店一打烊，它便踩着猫步四处巡视，不慌不忙，不可一世，像皇帝在视察它的江山。主人偶尔发它的视频给我们看，它比原来又长肥了一圈，脸又圆又大，肚大腰粗，完全像变了一只猫。

肥丁变肥猫了。

不过，我们这个社会向来对事业有成的男性较为宽容，相信主人对肥丁变

穿过你的黑发
的我的头

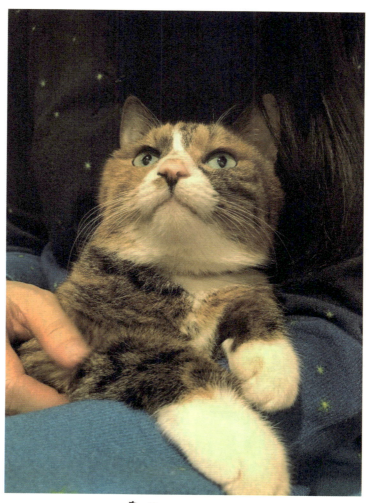

牵着我毛软的膀 ©
孖子的你的手

了形的身材和脸型不会计较太多吧。

肥丁去了新家两年后，嘀嘀又生了一窝小猫。其中有一只猫妹特别圆，而且喜欢歪着头瞪着大眼睛看人，刚出生不久就被人订下了。三个月大的时候，猫妹去了新家。

猫妹在新家得到了全家人的万般宠爱，而且学会了一项新技能：只要主人把手掌放在地上说"猫妹睡觉吧"，它就会把脑袋靠在主人的手掌上顺势一倒，躺在地上。更让人忍俊不禁的是，它不是装睡，而是真睡，一倒下就睡着了。

凭着这招可爱的新技能，猫妹越来越受全家人器重，气坏了家里的另一只宠物——一只小型犬。这只小型犬原本是全家的焦点，自从猫妹来了，它的地位就一落千丈，估计憋了满肚子的气，因此，一寻着机会就打猫妹。而猫妹很聪明，一发现狗凑近自己，它就会跑去主人身边求救，主人往往会教训狗。

狗也是狡猾的，试过几次后，投鼠忌器，自然不敢再当着主人的面打猫妹了，经常趁主人不在家时找猫妹算总账。猫妹也不是省油的灯，等主人一回家就告状——它可怜兮兮地叫，偶尔害怕地看一眼狗，主人自然就知道它受委屈了，于是把狗关在楼下，不让狗上楼了。

从此，狗再也不敢招惹猫妹了。

猫妹满周岁的时候开始发情了，喜欢往家外面跑。

主人家是自建房，下楼就可以出去，周围的邻居也有养猫的，猫妹满怀着对爱情的憧憬四处寻觅合适的对象。全家人如临大敌，猫妹是一家人心中的公主，哪能随便跟其他的猫生孩子？

每天，"出入要关门""千万不要放猫妹出去""千万不要让别人家的公猫溜进来"成了一家人互相叮嘱的话题。一家人同心协力地保护着猫妹，唯恐它被外面的坏猫"欺负"了。为了保持猫妹的纯洁，主人找我商量，打算给猫妹绝育。

谁知，就在主人

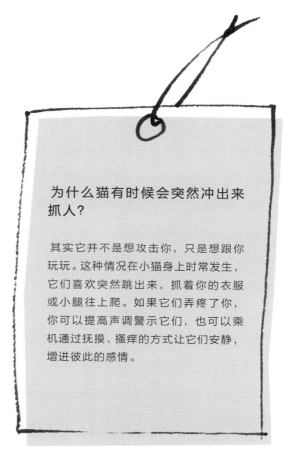

为什么猫有时候会突然冲出来抓人？

其实它并不是想攻击你，只是想跟你玩玩。这种情况在小猫身上时常发生，它们喜欢突然跳出来，抓着你的衣服或小腿往上爬。如果它们弄疼了你，你可以提高声调警示它们，也可以乘机通过抚摸、搔痒的方式让它们安静，增进彼此的感情。

打算把猫妹带去绝育的时候，突然发现猫妹的肚子变圆了。"猫妹一定是怀孕了！""都不知道是哪只坏猫做的坏事！""指不定生下什么丑猫呢！"一家人既难过又失望，却没有过多地责怪猫妹，反而很快就互相安慰、互相鼓励，决定坦然接受这个不完美的安排。现在一家人正在满心期待地为猫妹坐月子做准备。

除了这只猫妹外，最让我牵挂的就是那只断尾的猫妹了。前面说过，嘀嘀在与西瓜皮抢孩子的时候，咬断过一只小猫的尾巴。这只小猫，我们唤它断尾猫妹。

断尾猫妹失去了半截尾巴，这令我们格外心疼它，在它吃母乳或吃猫粮的时候都会格外关照它。或许是身体底子不错，又或许因为营养充足，两个多月后，猫妹竟然一举长成了一个小胖子。虽然它没有了半截尾巴，但丝毫影响不了它成为一只美貌的小猫。它圆头圆脑的，眼睛又亮又大，唤一声猫妹，它会双眼亮晶晶地看着你，慢慢走过来舔你的手，十分友好与亲切。

"猫妹少了半截尾巴，还会有人喜欢它吗？"狗宝担心地问我。

我问她："那你觉得猫妹好看吗？"

"好看。"

"你觉得猫妹好看，为什么会担心没人喜欢它呢？"

"可是猫妹少了半截尾巴呀。"

我认真地说："猫妹虽然少了半截尾巴，可是依然是一只好看又可爱的猫呀，一定会有人喜欢它的。"

狗宝狐疑地问："那我们是不是要把它白送给人家了？"

我摇头："不，越是这样，越不能把猫妹白送给别人。我不是跟你说过吗，免费得来的东西没有人会珍惜。我们一定要找一个愿意为猫妹花钱的人。"

"如果找不到呢？"

"找不到，那我们就一直养着猫妹，不能让它受委屈。"

女儿似懂非懂地点了点头。

过了几天，有个许久不见的朋友找到我，说想养一只小猫。我把几只猫的照片发给他看，但没有发猫妹的。虽然我跟狗宝说得很肯定，但心里还是担心别人会嫌弃猫妹少了半截尾巴。

这种感受，就像一个至亲的人身上有残疾，我们担心别人看到会有异样的目光，所以宁愿他不与外界接触，这样就可以避免他受到伤害了。但我也知道，这么想其实是不对的。不管是猫妹还是那些有残疾的人，他们都需要走出去经历更多的目光与挫折，这样才能更快地成长起来。

朋友看了我发的小猫照片后，没有表态，说等女儿晚上放学回家商量一下再说。

晚上，朋友发微信语音来了，语音是一个小女孩有礼貌的声音："阿姨你好，我很喜欢你家的小猫，真的好喜欢。你能送一只小猫给我养吗？"

这是朋友的女儿，一个正在上小学的小姑娘，应该是七八岁左右吧？

我耐心地说："小妹妹，不行啊。小猫的妈妈要吃猫粮和罐头，才可以给小猫喂奶。如果你想领养小猫，是不是要给猫妈买一些营养品才行？"

小姑娘默默地想了一会儿，回复道："嗯，我明白了。阿姨，那我想养小猫，你可以便宜一些给我们吗？我保证会好好对小猫，我会用零花钱买罐头给小猫吃。"

我心里一动，这真是一个善良的小姑娘，也许她就是断尾猫妹的小主人？

于是我说："小妹妹，我家有只猫妹，在它很小的时候，妈妈和别的猫打架，咬断了猫妹的小半截尾巴，你介意吗？如果你不介意，我可以以很优惠的价格给你，你就可以养这只小猫啦。"

原以为小姑娘会犹豫，不料她高兴地说："我不介意，我就要这只猫妹。"

"你不跟你爸爸商量一下？"

"爸爸说让我做主。"

后来，朋友告诉我，为了养猫妹，小姑娘主动提出拿自己的自助餐来换猫妹。本来他们家每个周末都要去吃一次自助餐，但决定养猫妹后，小姑娘说："这个星期不要去吃自助餐了，省下来的钱买猫妹。"

多么善良有爱的小姑娘，多么民主平等的爸爸！相信猫妹在这样的家庭中一定会幸福的，于是我们马上就在电话里把这事定了下来。

现在，猫妹成了他们家的第二个小公主。一家人经常跟猫妹一起拍照，猫妹短缺的半截尾巴非但不显得难看，反而因为猫妹经常把尾巴高高地昂起而显得精神百倍，自有一种娇媚。

我很庆幸自己没有因为猫妹的缺陷而轻视它，把它随便地送人。因为我深信，哪怕是一只猫，也要遇上真爱它的主人，才能拥有幸福的猫生。如同我们人类，纵然存在着某些缺陷，也依然可以遇上欣赏他们的人，然后共度幸福人生。

多久给猫洗一次澡？

关于洗澡这个问题，我想说的是，如果猫的毛发干净、无异味，就没有必要给猫洗澡了。有的猫主人已经习惯了给猫洗澡，但我还是建议尽量少洗，一个月最多一次就好了，春天和冬天最好不要洗。

养过猫的人都知道，猫每天除了吃饭睡觉，几乎都在给自己舔毛。而且，这个舔还有辅助性的动作：它会不断地把爪子放到嘴里，沾上唾液，再涂抹在毛发上。这个过程就是猫为自己做的清洁工作，作为主人，没有必要扰乱猫固有的"系统工程"。

有的主人觉得猫大小便后没有擦屁股，而且经常在猫厕所里进进出出，所以需要经常洗澡。事实上，猫在上厕所后，通常都会很认真地自我清洁，比如舔屁股、舔爪子，除非不小心踩上了粪便，不然它们都能保持良好的卫生状况。

我不主张给猫洗澡，除了担心猫会受惊或受凉等因素外，最主要的原因是担心洗澡会伤害猫的皮肤，降低猫的免疫力。猫的皮肤会分泌油脂，油脂不但能起到滋润毛发的作用，也能保护皮肤不受外界微生物的侵袭。如果频繁地洗澡，有可能会破坏猫皮肤上和毛发上的油脂，反而影响了猫的自我防疫系统，导致其患上皮肤病。

如果担心猫老在地板上睡和打滚会脏，那你应该做的不是洗猫，而是勤拖地。只要室内的卫生搞干净了，你的猫就会很干净。

遇到猫换毛的季节，也不必通过洗澡来减少毛发的脱落。你需要的只是购买一把宠物用的密齿梳子，隔天轻轻地为猫梳毛，那些已经脱落或即将脱落的毛发就会全部被归纳在密齿梳子上，轻轻一拨就能全部弄出来。你可以把猫毛搓成一个圆圆的毛球给猫玩。对于带着自身体味的毛球，猫会特别感兴趣。它们会高兴地追着毛球玩，有时候还会咬着毛球，找个没人的地方悄悄藏起来呢。

24 猫大爷的伙食

你家的猫吃什么猫粮？这是猫奴经常交流的话题。遇到此类话题，我常常不知道如何作答，因为我常常忘记我家的猫正在吃什么猫粮。

什么，你连自家的猫吃什么猫粮都忘记？你还是猫奴吗？你真的爱猫吗？你是不是给猫买了没有牌子的散装猫粮？

这倒真的没有，我只给猫买正牌猫粮，但我真的记不住它们在吃什么猫粮。

为什么？因为我们经常换猫粮。

我觉得，猫老是吃同一种猫粮，会导致某些元素的缺失，会令猫营养不良，最终影响猫的身体健康。

我不相信有哪一种猫粮能为猫的一生提供全面的营养，正如我不相信某一种奶粉能为婴儿提供成长过程中所需的全部养分一样。

在狗宝很小的时候，我一开始只给她吃一种进口的奶粉。某天，我突发奇想："这种进口的奶粉这么贵，但谁能证明它就是最适合婴儿吃的奶粉？人体毕竟有差异，就算它能满足大部分婴儿的生长需要，谁知道它是不是最适合狗宝吃的？"

从此，我们就给狗宝买各种各样的奶粉。只要是合格的奶粉品牌，我们都要试一试，不管是进口的还是国产的，不管是昂贵的还是廉价的，都让狗宝尝一尝。

狗宝也很争气，才几个月大的她就表现出了虚怀若谷的胸襟。她不偏食、不挑食，能接受任何品牌的奶粉，并且集这些奶粉之长，成长为一个健康、活泼、高挑的女孩。我始终认为，狗宝现在长得这么高，很大原因就是她吸取了各种奶粉的养分。

所以，我养猫的时候也采取了同一策略。刚开始的时候，我们给大喵购买的是比较贵的进口猫粮。吃了两三包进口猫粮后，我们就开始给它换猫粮，国产猫粮、进口天然粮、国产罐头、进口罐头……基本上，市场上常见的牌子，我家的猫都试过了。

而且，它们都吃得津津有味。

胃口好，是一只猫健康的标志之一。

在很长的一段时间里，我都为此沾沾自喜。每当听到有人说自己的猫换了猫粮不肯吃，我心里就很自豪和骄傲。

但是，老虎去世后，我开始质疑自己的做法：是不是我的养育方法不对，导致老虎过早地离开了我们？我们是不是应该早点儿为它提供针对泌尿系统的猫粮？因为心怀愧疚，我一直陷于自责中，耿耿于怀，不能释然。

直到我在网上看到了一个帖子。那位猫主人说，她家里养了一只公猫，因为结石去医院导了两次尿，也按医生的要求购买了保护泌尿系统的配方猫粮，但猫的病还是经常复发。后来，她决定自己煮猫饭给猫吃。因为是新鲜煮的猫饭，营养充足，水分也充足，所以猫吃了一直没有再犯病。

一丝亮光在眼前闪过，对呀，我也可以自己煮猫饭给猫吃！

根据网上的指引，我筛选了几样对猫最有益的食材：鸡肉、牛肉、鱼、红萝卜、马铃薯、西蓝花等。

以前，虽然我们也经常煮些鸡胸肉或鱼肉给猫吃，但都只是单纯的"净煮"，像这样兼顾多种营养的做法，必须抱着认真、严肃的态度去实行。

我去超市买了鸡大腿、牛肉、红萝卜和马铃薯，低头一看，已经装了一大袋子了。算了，不要再买了，毕竟罗马不是一天就能建成的，以后再补充其他的营养就是了。

我回到家，把鸡大腿剔骨，切成小块，放进料理机里打碎。猫们估计闻到了鸡肉的鲜味，竟然全部拥到了厨房里。西瓜皮抱着我的小腿，大喵扶着墙壁探头看，老包和嘀嘀最急切，竟然跳上了厨房的案台。

"等我把猫饭做好，还不馋得你们流口水！"我美滋滋地想，继而把红萝卜和马铃薯、牛肉也切块，与打碎的鸡肉一起搅拌，再浇上花生油，放进锅中蒸煮。

十分钟后，一盆有荤有素的猫饭做好了，一揭开锅便能闻到一股浓郁的香味。猫们更激动了，纷纷蹦跳着，簇拥着我朝阳台走去，那是它们固定进餐的地方。

我把猫饭倒在猫碗里，本来兴高采烈的众猫看了一眼盆中的东西，竟然全部后退了几大步，狐疑地看着我，那神色分明是："搞了大半天，你就弄出这堆奇怪的东西给我们吃？"

我忙解释："猫大爷们，这是鸡肉、牛肉呀，很有营养的，很香的，不信你们闻闻！"为了刺激它们的味觉，我还把猫碗端起来，把猫饭凑到它们跟前，让它们嗅。令我意想不到的是，大喵立即扭头就走，其他的几只猫也跟着散开了。

这是什么情况？我一个平时连饭都不煮的人，专门给你们买来这么好的食材，做了这么健康的猫饭，你们竟然尝也不肯尝，太不给面子了吧？我气急败坏，强行把老包抓过来，把它的头按在猫碗上："老包，你必须吃，你是病号，吃这个猫饭有益健康。"

老包的脑袋被我按着，虽然嘴巴上沾了红萝卜与鸡肉、牛肉的混合物，它却不愿意张嘴吃，甚至连舌头也不愿意伸出来一下，很有骨气的样子。

我被它那宁死不屈的模样气坏了，拍了拍它的圆脑袋："你不吃，我就不放开你，看你凶还是我恶！"老包看我太坚持，估计跟我对抗也没啥好处，只好伸出舌头舔盆中的肉汁，但依然没动红萝卜与鸡肉、牛肉的混合物，依然维护了作为一只男猫的傲气。

有时候，
最难模仿的角色就是自己。

太丢脸了！你们连国内外中高低档猫粮都吃，为何就是不吃我煮的猫饭？你们可知道这样已伤害了我的心？我无处说理，只好对它们实行专政，午饭、晚饭、消夜一律不喂，并宣告全家不许擅自投放猫粮。我就不相信，你们这些猫能顽抗到底。

事实证明，猫确实是有骨气的。深夜，我准备睡觉的时候，发现猫碗里依然堆放着我做的猫饭，而众猫一见我就围了上来，喵喵喵地叫个不停。罢了罢了，勉强没有幸福，既然你们想吃猫粮，那就吃猫粮吧。

从那以后，我就断了大张旗鼓地做猫饭的念头。偶尔狗豆给猫们煮一块鸡胸肉或蒸一块鱼肉，它们还是很喜欢吃的。

它们不是不喜欢现做的猫饭，只是不喜欢吃我做的而已。

这个结论让我颇受打击。不过，转念一想，一个不擅长给人做饭的人凭什么能做出让猫喜欢的饭？被猫嫌弃也很正常啊，是不是？

我终于又心平气和起来。

25 猫们的玩具

　　虽然已养猫数年，但我从不知道猫也有专用玩具的。直到去年，我去一个朋友家玩，看见他为家里的小猫准备的各种各样的玩具，比如大鱼抱枕啊，假老鼠啊，逗猫棒啊之类的，我大吃一惊：猫也需要玩具？

　　真是贫困限制了我的想象力。

　　我暗自苦笑，也许是因为我小时候没有玩过玩具吧，所以我从没有想过给猫买玩具。带着弥补的心理，我上网给猫们买了第一个玩具——一个塑料三层转盘，每层转盘都有一个球，只要猫拍打球，球就会沿着塑料轨道转个不停。

　　转盘一到，我便兴冲冲地打开向猫们展示了一番。果然，猫们都很感兴趣，纷纷围过来，伸出爪子拍打轨道上的球。球被打得绕着轨道不断地转动，猫们正好形成对抗赛，个个兴致勃勃。

"这个玩具买得值！"我们一家人都很高兴，觉得猫们有了玩具，应该就此沉迷玩球不可自拔了吧。谁料我们刚摆上饭菜准备吃饭，猫们便全部从塑料转盘边撤退，转移到饭桌前看我们吃饭了。

看来猫也是懂事的，知道陪我们吃饭比较重要。也许吃了饭就会继续玩了吧？我默默地想。

谁料我们吃饱了饭，连碗都洗完了，猫们都不去玩塑料转盘。我忍不住了，把几只猫抱到转盘前，甚至用手让球先转动起来，然而猫们只是淡淡地看了一眼，就默默地散开了。

"你们怎么能这样？这个玩具花了不少钱的，你们好歹再玩一会儿，算是给我一个面子好不好？"

没有猫搭理我。它们都若无其事地舔着毛。

狗豆与狗宝同情地看了我一眼，为了照顾我的自尊心，他们都没有说话。在这个敏感的时刻，他们也不敢随便招惹我，免得我借题发挥，迁怒于他们。

由此可见我的群众基础有多差。

我受到了来自亲人和亲猫的双重打击，默默地把那个塑料转盘挪到了一个角落里。

第二天，我在天台晾衣服的时候，看到了沉香树上纵横交错、或深或浅的伤口，终于心平气和了——树上那些深深浅浅的伤痕，全是家里的猫大爷用爪子抓出来的。

我并不是勉励自己要像沉香树一样经得起猫大爷们的摧残，而是终于想通了——虽然我们以前没有给猫们买过玩具，但我家的猫一直不缺乏玩具和游乐场所啊，所以它们对人工玩具不感兴趣，那不是正常的吗？

比如，春天的时候，猫会大量脱毛，我常常用猫梳给它们梳毛，并用梳下来的毛做成一个个毛球，猫们踢着毛球互相追逐，毛球就是它们的玩具；夏天的时候，我们吃龙眼，那一个个又圆又结实的核也是猫们的玩具，它们互相抢夺龙眼核，也能玩上好几天；有时候，它们在天台上比赛爬树，在树上互相追着对方的尾巴咬，那快乐的尖叫声，连我都能被它们感染。

它们就像生长于乡野间的孩子，自由自在、无拘无束地生活着。它们聪明地设计了自己喜欢的游戏，那些简单的工业化生产的小玩具又怎么能长久地吸引它们呢？

只有那些被困在斗室里的猫才需要那种小玩具来安抚它们空虚寂寞的心灵吧，我终于释然了。

后来，我还发现我家的猫非常善于就地取材，家里的一切东西都有可能变成它们的玩具。

比如家里的乌龟。我们在天台上养了一只乌龟，这只乌龟是女儿很小的时候买的，已经养了十多年，算是猫们的前辈了。但是，对于这个前辈，猫们从来没有敬畏过。它们一旦发现乌龟的身影，便会异常兴奋，你拍拍它的壳，我摸摸它的头，它突然去咬它的尾巴……总之，它们经常把乌龟吓得一惊一乍的。

也许在乌龟的眼中，猫们就是熊孩子一样的存在。因此，每当猫们在天台上出现时，乌龟就会悄无声息地快快找地方躲起来。那些以为"龟速"就

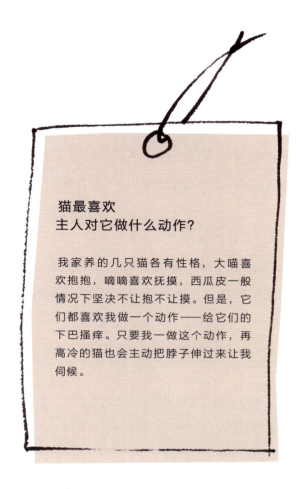

**猫最喜欢
主人对它做什么动作？**

我家养的几只猫各有性格，大喵喜
欢抱抱，嘀嘀喜欢抚摸，西瓜皮一般
情况下坚决不让抱不让摸。但是，它
们都喜欢我做一个动作——给它们的
下巴搔痒。只要我一做这个动作，再
高冷的猫也会主动把脖子伸过来让我
伺候。

是很慢的意思的朋友，你们见了乌龟躲起来的速度，恐怕要刷新对它的印
象了。

　　我发现，猫们对圆乎乎的颗粒状的东西有着浓厚的兴趣。有一次，我们
回老家，带回来一些黄豆，我把黄豆用竹簸箕晒在天台上。猫们一见圆乎乎
的黄豆，便惊为天物，喵呜一声冲上前围着竹簸箕打转，略作研究后，趁我
不备，各自衔了一颗或两颗黄豆，又各自心照不宣地在天台的各个角落里躲
了起来。

干什么？研究黄豆啊。它们用牙齿细细地研磨着那圆溜溜的东西，在它们看来，那不叫黄豆，而是来自喵星的达·芬奇密码。直到它们把黄豆咬碎了，才发现自己理解有误，于是很快便抛弃了咬碎的黄豆，再次奔到竹簸箕边偷新的黄豆研究。

待我反应过来，天台上已经撒了不少的黄豆。

天台上种的蔬果和鲜花被这群熊孩子祸害也是寻常事。菊花被吃，多肉被啃，刚结的阳桃被它们扒拉到地上……在它们持久的破坏行动中，我已被磨炼得强大无比，不管它们做出什么坏事，我都能接受。

不接受又如何？自己养的猫闯的祸，只能自己包容、自己原谅啊。

去年，因为工作的需要，我家换了一部大的打印机。猫们可高兴了，活蹦乱跳地围着装打印机的纸箱打转。狗豆知道它们喜欢纸箱，于是把打印机拿出来安装，让猫们玩纸箱。

谁知打印机一安装好，开始工作，猫们就纷纷抛弃了那个纸箱，开始伸出爪子攻击打印机。

也许在猫们看来，打印机是它们见过的最强大的敌人了吧，被猫们集体围观还能唰唰地继续工作。猫们感觉被蔑视了，气鼓鼓地或拍打机器，或撕扯纸张，怎么呵责都只当听不见。

最后，还是狗豆强行把它们赶出了房间，这场"猫机大战"才算告终。

26 养猫千日，用猫一时

网上有人搞调查，题目是："养猫给你的生活带来了什么变化？"

很多人晒出了家里被猫抓得伤痕累累的布艺沙发，还有人晒出了被啃得遍体鳞伤的绿色植物，还有打碎的工艺品，以及被抓伤了的皮肤。

我没有参与这项调查，并不是觉得养猫没有给我的生活带来变化，而是……养猫完全改变了我的生活好吗？

我能说我家里的布艺沙发早就扔掉了吗？现在换成了结实的实木沙发；我能说我家的菊花、多肉、沉香、阳桃以及黄皮树，都被猫们吃过、啃过、咬过吗？这些植物仍然健在，完全靠的是我没日没夜的巡逻照顾；我能说我对自己越来越吝啬了吗？不舍得买新裙子，不舍得去海底捞，只为能给它们买更多的猫罐头……

妈，我和他，谁
是你亲生的？　　　　　　　　妈，你怎么生了只猫？

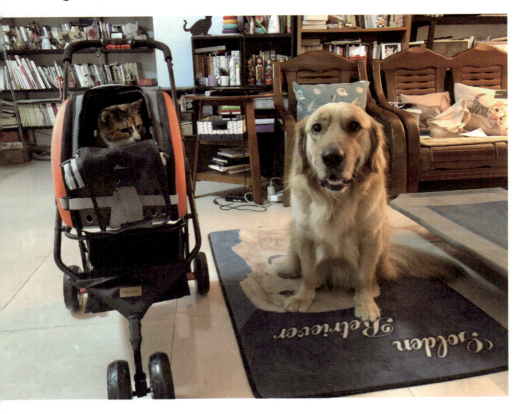

当然，这些都只是很肤浅的改变，对于我们这些有思想、有深度的文艺女中年来说，思想上的收获才是最重要的。旅行便是思想飞扬的具体体现，不是有人说过吗，思想和肉体总得有一样在路上。然而，自从养了猫，我们一家三口已经有五年没有一起外出长途旅行过了。

　　刚开始养大喵的时候，只要为它准备好充足的猫粮、水以及猫沙，我们一家三口出去玩三两天是没问题的。后来，随着家中猫成员的增多，准备再多的猫粮和水，它们都能一天就糟蹋完。这个糟蹋，并不是说它们全部吃掉了，而是它们在互相追逐打闹的时候，会把水和猫粮踢翻弄倒。

　　网上不是有猫用自动喂食机吗？喂食的问题似乎解决了。可是猫沙怎么办？我们在家的时候，一天铲三次屎，这样能保证猫厕所的干净卫生。如果几天不铲屎，恐怕它们会把猫厕所弄得"屎满为患"吧。猫是那么爱干净的动物，一旦它们认为猫厕所脏，便有可能跑去别的地方方便……简单不敢想象。

　　你可能会问，现在不是有很多宠物店可以托管吗，为什么不带去托管？可是宠物店那么多狗猫，迎来送往，染上了病怎么办？还有，把猫们送去一个陌生的地方担惊受怕，我们一家人跑出去玩，这不是把我们的快乐建立在猫们的痛苦之上吗？

　　这种事我们做不出来。

　　有时候，遇上大长假，狗豆看着朋友圈中各种晒外出旅游的照片，便会快快地叹气："我们也应该出去玩几天的。"

我鼓励他："那就去啊。"

"可是，家里的猫怎么办呢？"

"那我们分期分批去，或者你带狗宝去。"

"算了，不去了。"

"那就不去。"

他又幽幽地叹气："唉，养了这些猫，哪里都去不了了。"语气略有失落，还带着一种像是高兴又像是遗憾的情绪，像个爱操心又爱抱怨的农村老太太。

狗宝正在长身体、长知识的时期，虽然不能一家人一起出去玩，但让她出去见识外面的世界还是很有必要的。最近两年，我们采取了"分期分批"外出旅行的办法，比如我与狗宝外出旅行的时候，狗豆在家里照顾猫们；有时候狗豆外出，我就留守在家里。

那种"说走就走"的旅行显然不适合我们家。但这样也很好啊。虽然我们不能一起长途旅行，但在分开的这段时间里，我们会互相关心对方，一天打几次电话问候。有时候，我们一家人可以在附近的城市游玩，争取一天来回，这样就不会影响猫们的生活。

还有，养了猫以后，我们已经有六年没有主动邀请朋友来家里玩了。当然，那些喜欢猫、主动要求来我家里看猫的朋友则不在此列。

每只猫都是一台行走的毛发散播机，它们所经之处，毛发飘散。哪怕你天天扫地、拖地，地上、家具上、空气中也还是有可能飘散着细微的猫毛。

为免尴尬，我们只好尽量避免与朋友在家里聚会。

曾经我有个新认识的朋友，是个很时尚的漂亮姑娘，我们很聊得来。她很喜欢我家天台上的花花草草，曾几次提出来我家里玩，但我一直拖着——我担心她见到我家里的猫毛会不适应。

直到有一天，她终于忍不住问我："你是不是不喜欢我去你家玩？"

我一听，坏事了，要产生误会了，忙说："我家里养了几只猫，猫毛太多，怕你不喜欢。"

"没事啊，养猫自然会有猫毛，我能接受。"

最后，我答应她，等我搞好卫生再邀请她来。

是的，每次有客人要来，就算对方再喜欢猫，我们也必须全家出动，大搞一通卫生——即使这并没有什么用。室内的保洁甚至连一秒钟都维持不了，上一秒刚搞好卫生，下一秒可能就满地猫毛了。

而且，在我们搞卫生的时候，猫们喜欢伏击搞破坏。它们会觉得自己的工作比我们的工作重要，常常一拥而上，把我们手中的扫把当成战利品，撕扯着，啃咬着，直至我们放弃拉拽，用另一把扫把。

所以我们家中准备了两把以上的扫把。

搞好卫生，洗了水果，客人要来了，这个时刻对我家来说就是一个相当隆重的时刻了。就像小时候过新年，父母会让孩子们穿戴一新，等候客人前来拜年一样，我们也希望猫们能乖乖地跟我们一起迎接客人。

想想看，一间干净的房子里，主人带着四只可爱的猫咪迎接客人，猫们乖乖地摇头摆尾，喵喵喵地说着欢迎词，接受客人的称赞与艳羡，那是多么幸福温馨的一幕啊。

养猫千日，用猫一时，说的不就是这个时候吗？

然而在我家，这样的事是不可能发生的。真相是，当客人在外面叩门的时候，屋里的猫们就会四散逃窜，找地方躲起来。所以，当客人走进我家的时候，往往是——唯见一猫。

猫为什么喜欢啃咬花草？

猫天天舔毛，毛发多了便会在肠胃中形成毛球，猫啃咬花草的目的是让自己吐出毛球。因此，当你看见猫在啃咬花草的时候，尽量不要阻止它，人家是在给自己防病治病呢！如果你想保护好自己的花草，那就请给猫种一盆小麦或燕麦。

只有大喵会乖乖地与我们一起迎接客人。除了大喵，我家没有任何一只猫能担得起"共同进退、义薄云天"这样的字眼。

大喵是猫界良心，在长达六年的共同生活中，我们已经无数次地印证过了。不管什么时候，只要客人来访，大喵都绝不会像其他的猫那样躲起来。相反，它会与我们一道，落落大方、友好地站在门口欢迎客人进来。

客人进来后，它也不怕生，会一直跟在客人身后。客人坐下来了，它就乖巧地走过来，跳上客人坐着的沙发，然后伸出爪子拍拍客人的大腿。如果客人没有表示反对，它就会顺势爬上客人的大腿。

这个时候，客人往往就把持不住了，会伸手摸摸它的脸或背。每逢这个时候，客人都会很高兴："天哪，你家的猫真乖，不怕我啊。"

我们也很高兴，大喵对客人友好，说明我家的猫很乖啊，说明我们教导有方啊。大喵为我们长脸了，我们没有白养它。

养猫千日，用猫一时，说的就是这一刻。

这一刻，大喵用实际行动跟我说了一个道理："不论你养过多少只猫，在关键时刻能帮得上忙的只有我大喵而已。"

就像，不管你交过多少朋友，在某些特殊的时刻，能理解你的也仅有某一人而已。

27 无论如何，做只开心的猫

我家有条"讨好链"，就像自然界的生物链一样，讨好链上的人（或猫）也相互制约，最后形成了人猫两相欢的和谐景象。

这条讨好链是这样的：我讨好猫，猫讨好狗豆，狗豆讨好狗宝，狗宝讨好我。

所以，我家这条讨好链跟自然界的生物链略有不同，我家的讨好链没有最底端，也没有最顶端。每个成员都是其中一个重要的环节，缺一不可。每个成员都有可制约的对象，也都会被别人制约，所以谁也不能恃强凌弱、恃宠而骄。

我讨好猫，是因为我喜欢猫；猫讨好狗豆，是因为狗豆给它们吃的；狗豆讨好狗宝，是因为狗豆疼爱狗宝；而狗宝讨好我，是因为我对她比较严厉……这条讨好链发动起来，我们家中的每个成员都是获利者。

TVB有句台词非常著名，在网上广为流传："做人呢，最要紧的是活得开开心心。"我认为，做猫同样需要开开心心，所以，我会在力所能及的范围内尽力讨好猫，让它们活得开开心心。

对于我家的母猫来说，发情就是一件严重影响它们开心的事情。出于对猫身安全的考虑，目前我还没有勇气带母猫们去做绝育手术。但是，我会尽量想办法缓解它们因为发情而带来的负面情绪。

比如，当它们发情的时候，我会拿棉签帮助它们做"羞羞的事"。大喵与西瓜皮的性情是内敛的，完事后它们会羞涩地看一下我，然后迅速地躲到角落里去；嘀嘀则不一样，它是一个性情奔放的女子，它是一个有了快感就会喊的女子，所以……闹出来的动静相当大。而且，每当我用棉签给它做完羞羞的事，它会一直追着我嗷呜嗷呜叫，弄得我只好躲进房间里逃避现实。你们永远不会明白被一只母猫追逐的感受。更尴尬的是，全屋的猫都以为我辜负了嘀嘀，整天拿狐疑的眼神看我，严重地影响了我在猫界的形象。

如果有一种方法，既能让嘀嘀开心，又不会影响我的形象，更加不会影响嘀嘀的猫身安全，那就好了。我常常这样想，不由得忆起那句痴男怨女最喜欢的诗句——世间安得双全法，不负如来不负卿。

让人意想不到的是，这个问题终于有人关注了。前些天上网，我看见有人展示了"猫用小鸡鸡"，材质是橡胶的，比小指甲还要小，形状却也惟妙惟肖。只是终究形似而神不似，我料想也不会有神奇的效果，最终还是没有买。

看来，为了让嘀嘀真正做一只开心的猫，还是要考虑给它做绝育手术。其实，细细究来，我之所以迟迟不愿意带母猫去做绝育手术，是因为担心它们像朋友家的猫妹那样遭遇不测。

也许，我的态度应该更积极一些，为了它们的幸福与快乐，应该把它们带去做绝育手术，该来的总会来，怕也没用。我在慢慢地调整心态，克服性格中胆怯的那部分，让自己成为一个勇敢的人，能与猫们一起承担生活中的风险，也能与它们一起享受更多的快乐。

在这方面，老包显然比我更加懂得快乐的含义。我甚至认为，它是我家最快乐的猫。

比如，它本来正在玩毛球，不知咋的把自己绊倒了，它会生气吗？不，它会眼一闭，肚一挺，直接四脚朝天倒在地上打呼噜。所以，我们平时经常能见到老包随意地倒在客厅的地板上、楼梯上、天台的花丛中，肚子朝天地睡，大胆奔放地睡，很随缘，很佛性。

在哪里跌倒，就在哪里睡觉，这就是老包快乐的法宝。

西瓜皮的快乐则是我行我素、独来独往。不管什么时候，西瓜皮都不喜欢别人拥抱它，吃猫粮、喝水、舔毛，它都喜欢静静地进行。如果谁想靠近它，它就会嫌弃地走开。

如果西瓜皮是人类，"别来打搅我，让我做个安静的美女子，我的开心与别人无关"，这些文字必是它写在微博上的个人简介。西瓜皮是与众不同的猫，所以它的快乐也与我们不一样。因为西瓜皮的存在，我懂得了这世上有些人、有些猫真的与我们不一样，尊重并理解他们，求同存异，是这个多元世界能给予他们的友善。

大喵的快乐？它的快乐与全家人有关。"请来拥抱我，抚摸我"应该是它的心声。任何时候，它都不会抗拒我们的拥抱与抚摸。它乐于接受人类所有的亲近行为，也喜欢主动与人类亲近。

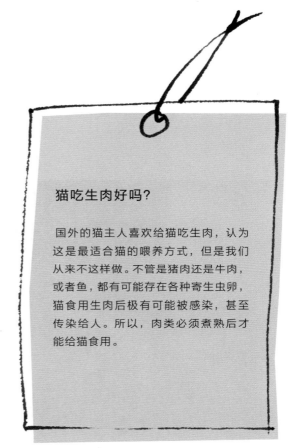

猫吃生肉好吗？

国外的猫主人喜欢给猫吃生肉，认为这是最适合猫的喂养方式，但是我们从来不这样做。不管是猪肉还是牛肉，或者鱼，都有可能存在各种寄生虫卵，猫食用生肉后极有可能被感染，甚至传染给人。所以，肉类必须煮熟后才能给猫食用。

大喵是我见过的最博爱、最善良的猫。

虽然猫们各有个性，与我们的关系也有远近亲疏之别，但是我们疼爱它们的程度绝对都是一样的。

比如，狗豆给它们煮鱼肉或鸡肉当猫饭，必会分配均匀，保证每只猫都能吃到足量的肉。哪怕是最高冷的西瓜皮，也不会吃得比别人少。

人类渴求"公平公正"，所以我们也要公平公正地对待猫，不因为猫的性格和性情而厚此薄彼。从某个角度来说，我们对猫的态度，其实与父母对

我就是这样一只让人捉
摸不透的猫。有时，你在我
眼中读出了忧郁。

其实是因为我饿了……

子女的态度相差无几。

但是，因为我们对猫的未来没有太多的要求，所以我们对它们更宽容，也更细致。与猫相处，可以帮助我们检讨在处理亲子关系时的缺陷。

比如某次我们去看演唱会，带了一根荧光棒回来给猫玩。那荧光棒一打开，里面的灯光就一闪一闪的。这种会"动"的东西最容易引起猫的兴趣，众猫坚定地认为敌人躲在棒子里，就同心协力地"攻击"荧光棒。战斗了数分钟，猫们把荧光棒撕开，把里面的电线咬断，才算大获全胜。

如果把猫换成我们的孩子，恐怕早就被父母以"毁坏东西"的罪名暴打一顿了。在教育孩子的时候，我们当父母的常常忽略了孩子的天性，一心想着强化教育，强行改变其天性，反而欲速不达，最终把亲子关系搞得越来越僵。

而在面对猫的时候，我们却时时纵容，让它们野蛮生长。

记得有一次，天台上飞来了一只蝉。那只蝉叫得很清脆悦耳，把全屋的猫都惊动了。它们飞快地蹿上天台，个个竖起了耳朵，闪烁着双眼，寻找蝉栖身的地方。

那只蝉停留在黄皮树顶端的叶子上。

虽然猫可以爬树，树叶顶端却是它们抵达不了的地方。众猫站在树下抓耳搔腮，面面相觑。

狗豆很快搬来了梯子，小心翼翼地抓住了蝉。蝉叫得更大声了，猫们前呼后拥地跟在狗豆身后，要跟蝉玩。狗豆担心蝉会飞走，把它放进了一个透明的瓶子里，再放在地上给猫玩。

猫们很兴奋，围着那个瓶子玩了一下午，像过节一般狂欢；瓶子里的蝉却很愤怒，气急败坏地一直叫到傍晚。

到了晚上，估计是猫们觉得瓶子里那个家伙除了瞎叫啥也不会，料它也搞不出什么新花样，才相继散去了。

如果猫会写作文，它们一定会把这件事列为最快乐的一件事。

什么时候我们对孩子的态度能像对猫一样放松，也许我们的亲子关系就会改善许多。

28 做只有态度的猫

　　我曾经供职过的一家报社有句非常著名的宣传语——"高度决定影响力"，我虽然不否认高度的重要性，但是我认为，相对于高度，态度更重要。如果说性格决定命运，那么，态度决定生活质量。

　　我家的猫大概都懂得这个道理，所以它们的生活质量都不低。

　　什么叫生活质量？对于猫来说，在解决了吃喝拉撒的问题的基础上，好的生活质量就是怎么高兴怎么来；对人类来说，就是率性而为。

　　举个例子，如果你衣食无忧，也有足够的钱买房子、包包和各种各样你想要的东西，但是有人天天采用暴力或冷暴力虐待你，这样的生活质量算好吗？

　　当然不算。物质与精神上的双重享受，才是我们追求的高质量的生活。所以，能率性而为，不管是为人，还是为猫，都很重要。

比如嘀嘀，它就是一个率性而为的女子。去年，它正在纸箱里生娃，西瓜皮好奇，就在外面用爪子拍门。嘀嘀立即跳起来，冲出产房，摆开架势，要跟西瓜皮干架，弄得羊水流了满地也在所不惜。

西瓜皮一看，哇，嘀嘀这个时候还这么凶猛，还是不要招惹它为妙，于是慌忙逃走了。而嘀嘀知道穷寇莫追，于是走回产房安心生娃，一口气生了四只小喵喵。

这就是嘀嘀的态度，先平外患，再解内忧，这才有了母子四猫的安稳日子。而西瓜皮试探一下，技不如人便迅速撤离，以免造成更大的损伤，态度也相当明确。

有时候，猫甚至比人类更明智。人类一直在"要爱情还是要面包"这个问题上纠结不休，而嘀嘀的态度堪为人师。

有次，嘀嘀发情，在天台上扭动着腰身打滚，大声叫唤着抒发对爱情的渴望。彼时我在屋里，拿出饼干正准备吃。猫的耳朵是非常灵敏的，嘀嘀一听到包装袋窸窸窣窣的声音，马上收势站起来，穿窗入屋，缠着也要吃饼干。于是，嘀嘀跟我一起吃完了饼干，才又蹿出去，继续倒地撒泼发情。

任何时候，没有比吃更重要的事，吃完了再谈情说爱，这就是一个吃货的态度，必须动作干脆、立场坚定。

人同样如此，没有任何爱情能比面包更重要。我们必须吃饱肚子，才有精力谈一场真正的恋爱。饿着肚子谈恋爱，对自己、对别人都是不负责任的。

大喵也是一只有态度的猫，它的态度就是无条件地跟我们好，无条件地

小胖友们，准备
打针了啊！

244

猫喝什么水好？

这个问题我专门请教过宠物医生。身体健康的猫喝自来水就好了，若是出现膀胱结石的情况，则需要喝纯净水。另外，不主张猫喝矿泉水，长期喝矿泉水也有可能出现膀胱结晶现象。

谁听话，
姐姐就给谁发
小饼干！

在儿科病房
上班
真是心累！

接受我们一切形式的亲昵行为。任何时候，只要我们喜欢，就可以抱它、亲它，哪怕你突然吵醒它，它也不会生气。

这样的态度深得我们全家人的喜欢。所以，虽然有时候大喵不是那么团结众猫，以前还经常打西瓜皮和老虎，但是我们能包容它所有的缺点。

老虎的态度可以说非常鲜明了，它的态度就是忠诚于我、陪伴我，想尽一切办法追随我，守在我身边就很满足了……可惜天妒英才。老虎是我心头永远的痛，即使它去世一年多了，我梦醒时分也依然会想念它。

西瓜皮虽然待人不甚友好，也不甚亲切，却自有一股我行我素的自在与洒脱。正因为我们不可能做到像它那样，所以我们尊重它的态度。

至于老包，它的态度就是从来没有好态度。跟它玩，它会嗷嗷骂我；喂它吃药，它会咬我；想跟它聊聊天吧，它会嫌弃地扭头走开。总之，像它这样的态度，若是在宫斗剧中，必然活不过一集；若是在"黑社会"混，必定被打得屁股开花。所以，我时时以它为反面教材教导狗宝，不要做老包那样的人。

从这个角度来说，老包肩负着教育狗宝的责任，所以我们对它的态度也就不多作苛求了。

做一只有态度的猫，跟做一个有态度的人一样，很重要。

29 我曾养过这样一只猫

　　常常有朋友看了我在朋友圈发的猫的照片后跟我说："你家养的是名种猫吧，真可爱。""你家养的是名种猫，当然要吃好点儿的猫粮。"

　　他们所谓的名种猫，就是外国品种的猫，比如英短、美短、布偶、加菲之类的品种，与之对应的是国产猫，也叫土猫或中华田园猫。

　　私心里，我很反感土猫这种叫法。我更愿意把我们的国产猫叫中华田园猫，就像中华田园犬一样。其实我们中国的猫并不土。日本人利用我们的中华田园犬繁殖出了秋田犬，秋田犬遗传了中华田园犬性格温和、样貌可爱等诸多优点而成为世界名犬。谁知道陪伴着我们的祖辈一起走到今天的中华田园猫会不会繁殖出世界名猫呢？

　　其实，对于一个真正爱猫的人来说，没有洋猫与土猫的区别。你把它带回家，你跟它朝夕相处，它就是你的朋友、你的伙伴、你的宝贝。古人说敝帚自珍，指的就是这种感情。不管它是不是名猫，不管它好不好看，在你心中都像珍宝一样可贵。

也就是说，当我养中华田园猫的时候，我最爱的就是中华田园猫。我今天之所以如此喜欢猫，是因为我小时候养过一只中华田园猫，是那只中华田园猫给予了我温情与感动，令我对猫产生了深刻的感情。

可以说，我现在这么宠爱家中的猫，正是那只中华田园猫打下的基础。我家的猫能拥有现在这么安逸的生活，完全是那只中华田园猫在二十多年前打下的"江山"。

那时候我十多岁，正是一个少女成长中最敏感的时候。我生活的地方是一个经济较落后的农村，我的父母是一对农民，他们生育了四个孩子。那时候的中国正处于改革开放的年代，农村的发展依然缓慢而无序，有本事的人都以进城打工为荣。

而我的父母因为有四个孩子的牵扯，不可能进城务工，只能在繁重的农活儿里挣扎，过着勤劳而不致富的生活。农产品的廉价和难以流通，成为制约他们致富的最大瓶颈。

所以，尽管他们起早摸黑地劳作，也仅够一家人糊口而已。日夜劳碌，疲于奔命，看不到未来的亮光，在这种情况下，他们对子女的教育便变得粗暴而简单，把责骂视为教育。生活中鲜有表扬，鲜有欣赏，只有没完没了的农活儿和责骂，少女时代的我，敏感而忧伤。

幸亏家里养了一只猫，一只土黄色的中华田园猫。

那只猫自然不是养来当宠物的，它有一个明确而艰巨的任务——保护阁楼上的稻谷。

我家种了七亩水田，一年两造的稻谷除了交公粮外，全部晒干了放在阁楼上。这些稻谷不但要养活我们一家六口人，还要养活家里的鸡鹅猪鸭，可说是全家人的命根子。

而老鼠是农家人最讨厌的贼，它们的鼻子灵得很，牙齿利得很，不管你用了多少层袋子装稻谷，不管你把稻谷藏得多么高，它们总有办法悄悄地找到，把袋子咬开，偷偷地把稻谷吃得只剩下一层空壳。

为了保护全家人赖以生存的粮食，母亲在镇上买了这只狸花猫。

刚到家的时候，这只狸花猫又瘦又小，可怜兮兮地叫着，那稚嫩的声音，那害怕的小表情，立即打动了少女的心，令我产生了一股同病相怜的感觉，主动担负起每天喂猫的任务。

在农村里，总是要等到全家人都吃过饭后，才能装点儿白饭，浇上点儿菜汁，或是拌上吃剩的鱼骨头给猫吃。

可是，我不忍心这样对它。我常常利用"职务"之便，给它谋各种福利。我是负责煮饭的，家里有鱼时，我一煮熟鱼就会挑一块有肉的给它吃；家里有肉，我常常趁家人不注意，悄悄地拿块肉带去厨房给它吃；家里没有鱼没有肉时，我会悄悄地煮一个蛋与它一起吃。家里养着鸡和鸭，从来不缺蛋。

猫是聪明的动物，它知道我对它好，平时老跟着我。我一给它吃肉，它就会兴奋地叫，有时候甚至会先放下嘴里的肉，伸长脖子嗷嗷地欢叫好一会儿，再低下头吃肉。

虽然我告诫过它多次，万不可得意忘形，但它总是改不了。某天，我爸去镇上赶集，买了一大块猪肉回来，我妈难得地亲自动手煮肉。那晚的肉煮得特别香，猫估计也感觉到了，它一直守在厨房里。

可是，我妈看也不看它一眼，把肉全部装进盆子里，让我端上饭桌。因为全家人都在，我一直没找到机会拿肉给猫吃。等我妈把全部的菜都煮熟了，我们要开吃了，猫急了，围着饭桌团团转。我也急了，如果再不抓住机会，也许猫今晚就吃不上肉了。

非年非节的，我家桌子上的肉不可能会吃剩。就算我想留一块肉给猫，我的兄弟姐妹也会吃掉啊。于是，我想了一个办法。全家人刚开吃不久，我就端着饭，用筷子夹了两块肉到碗里，然后装作去喝开水的样子，悄悄把碗里的肉带进了厨房。

我家吃饭是有规矩的，一家人必须都坐在餐桌边吃饭，不许端着饭碗四处跑。但如果要喝开水，暂时离开餐桌一下，我妈是不会说什么的。

猫见我走进厨房里，立即悄无声息地尾随而至。我把碗里的两块肉放进灶台上的猫碗里，猫很高兴地看了我一眼，低头吃了起来。

我像一个足智多谋的地下工作者一样，觉得终于完成了组织交给自己的任务，给亲爱的同志送上了枪支弹药，很是自豪，很是高兴。

我端着碗回到餐桌边，开始全心全意地吃饭。肉在我家餐桌上是不多见的好东西，那顿饭我们兄弟姐妹几个都吃得格外严肃认真，谁也没有说多余的话，因此气氛比较安静，很符合我爸要求的"食不言，寝不语"的标准。

"嗷嗷嗷！嗷嗷嗷！"

厨房突然传来猫兴奋的叫声，我暗叫一声坏了，那傻猫估计是太兴奋了！

我妈警觉地停下了筷子："那死猫叫什么？"

我不敢吱声，心里暗暗祈祷：猫大爷啊，你不要嗷了好不好？再嗷就东窗事发了！

怕啥来啥，过了一会儿，厨房里又传来"嗷嗷嗷"的声音。

我妈一言不发，站起来朝厨房走去。我暗暗叫苦，低下头默默地吃饭。

需要给猫买装饰品吗？

不需要，猫铃铛、猫项圈套在猫猫脖子上，看上去似乎很好看，但是对猫来说，都是束缚，尤其是那种会响的装饰品，对于好动且敏感的猫来说，简直就是刑罚。

像是过了一个世纪那么长，其实也只有一会儿的工夫，我听到厨房传来猫的惊叫声，还有我妈的喝骂声："打死你这死猫！让你偷肉吃！让你偷肉吃！"

然后是猫躲避的声音和受惊的呜咽声。不用看我也知道，一定是我妈拿着烧火棍在追打猫。

我默默地祈求猫能躲开我妈的棍棒，也祈求老天爷能尽快熄灭我妈心中的怒火，可是，厨房里不时传来猫的惊叫声与我妈的怒喝声……我终于承受不了内心的折磨，走进厨房说："肉不是猫偷的，是我给它吃的。"

我妈默默地看了我一眼，余怒未消地扔下了手中的烧火棍，走开了。

我看着猫，猫见安全了，委屈地朝我叫了一声。我抱起猫，发现它嘴里依然咬着一块肉。

刚才被我妈追打的危急时刻，它依然不舍得松口，依然坚持不懈地咬着那块肉，真是一只有着坚强意志的猫呢。我哭笑不得，默默地抱紧它。

它把那块肉放在地上，看了一眼，低头默默地吃起来。那么认真，那么满足，就好像，哪怕受了再大的委屈，只要有这块肉做弥补，也值得了。

只是这次，它再也不敢嗷嗷嗷地欢呼了。

我默默地回到餐桌旁，再也没有看那盆肉一眼，默默地扒掉了半碗白饭。

"人都没肉吃，哪顾得上猫。以后不要这样了。"有人夹了一块肉放在我的碗里。

是我妈。

我的泪水顷刻汹涌而出，我默默地点头，吃下了那块肉。我最喜欢的红烧肉，此刻竟然吃不出什么味道。

晚饭后，借着洗碗的机会，我在厨房里抱着猫流了很久的泪，也许还说了很多的话。可是说了什么，我今天全都不记得了。

我只记得，它后来依然改不了一有肉吃就激动得嗷嗷叫的习惯。所以有时候我也很烦它，也会打它、骂它，觉得它又蠢又笨，连偷吃都不懂。可是它依然喜欢跟我在一起，尤其是冬天的傍晚，我坐在小板凳上烧火做饭的时候，它总是喜欢跳上我的膝盖，坐在我怀里，看着灶膛里红通通的火发呆。

那表情，像一个懂事的孩子一般。

后来，我考上了师范学校。刚离开家去外地上学时，我最想念的就是猫，其次才是弟弟、姐姐和父母。我老是担心我妈会打它，老是担心家里的人忘记喂它，也担心我老不在家，它会误会我不要它了……

终于放寒假了，我从学校回来，原以为猫会兴高采烈地出来迎接我，可是里里外外都找遍了，也没有它的踪影。

我妈说："别找了，猫死了。"

我不敢相信："怎么死的？"

"吃了中毒的老鼠。"

原来，邻居家闹鼠患，用了老鼠药不顶用，于是借了我家的猫去支援。也不知道怎的，猫一到邻居家就发现了一只中毒的老鼠，吃掉了。

据我妈说，也许猫知道自己中毒了，临死前从邻居家跑了回来，在我家的厨房徘徊了许久，后来很大声地叫了几下，才恋恋不舍地冲出了门外。我妈当时并不知道它已中毒，直到一天后，在村边的小树林里发现了它的尸体，看到它嘴角流着血，才知道它已中毒身亡。

我妈很是惋惜："那猫捉老鼠是一把好手，真舍不得。"

我竭力不让眼里的泪流出来，淡淡地说："死就死了吧，反正它又不听话，那么贪嘴。"

夜里，我独自站在村边的小树林里，默默地流了许久的泪，一遍遍地想象着猫孤独地死去的样子，直至号啕大哭。那天，它忍着疼痛冲回家，是不是想见我最后一面？它至死都没有见到我回来，是不是以为我不要它了？

从那以后，有将近二十年的时间，我家没有再养猫。直至2012年，我已为人妻、为人母，才又养了大喵。我常常想，如果那只猫活到了今天，如果我天天给它吃许多许多的肉，它还会高兴得嗷嗷直叫吗？

可惜，在我最没有能力保护它、照顾它的时候，我们相遇了。它甚至连一个真正的名字都没有，我家里的人叫它猫，我叫它老猫。

我家现在的猫不管吃什么，都视为理所当然，不会有惊喜，只是悄无声息地吃，再悄无声息地散开。我特意给它们做的营养丰富的猫饭，它们往往不屑一顾。就像现在的孩子，得到的爱和关心太多，反而嫌弃父母唠叨。

时代不同，不但人变了，连猫都变了。